やがて㋮のつく歌になる！

喬林 知

やがてマのつく歌になる!

やがてマのつく歌になる!
ヨザック
【グリエ・ヨザック】
グウェンダルの部下で
女装もたしなむお庭番。
コンラッドの幼なじみ
にして戦友。
コンラッド
【ウェラー卿コンラート】
前魔王の次男で、
ユーリの名付親。
現在は大シマロンに
身を寄せる。
ユーリ
【渋谷有利】
正義感と負けん気が
人一倍つよい高校生。
第27代魔王に
就任。主人公。
Tomo Takabayashi
illust. Temari Matsumoto

登場人物紹介
渋谷勝利
ユーリの兄。
5歳年上の大学生。
ややブラコンの
優等生。
ヴォルフラム
【フォンビーレフェルト卿
ヴォルフラム】
前魔王の三男。
ひょんなことから
ユーリの婚約者に。
グウェンダル
【フォンヴォルテール卿
グウェンダル】
前魔王の長男。
趣味・あみぐるみ。
苦労性。
サラレギー
小シマロンの少年王。
人間の国を統治する
立場にありながら
魔王ユーリに好意的。

本文イラスト／松本テマリ

そもそも毒女《どくおんな》と呼ばれるべきは、故フォンウィンコット卿《きょう》スザナ・ジュリアであると、わたくしは思うのです。

だって考えてもご覧なさい、ウィンコットの一族はその身体《からだ》に流れる血液を特別な方法で精製するだけで、この世の物とも思えぬ面白《おもしろ》い毒を生み出すことができるのですよ。生きる毒、歩く毒、恋《こい》する毒です。ああもう、羨《うらや》ましいったらありはしません。

そこでわたくしは考えました。

フォンウィンコット家の人々を超《こ》える毒女になるには、一体どのような努力をすればよいのかと。それから先のわたくしの人生は、研究研究また研究の日々。何しろ独学で毒学を究《きわ》めようというのですから、並大抵《なみたいてい》のことではありません。ですがある日、わたくしの研究の成果を世に知らしめる日がやってきました。

かねてより汚染《おせん》の激しかった泥沼《どろぬま》を、わたくしの生みだした最高傑作《けっさく》たる「いやがらせの毒」で、元のとおりの美しい湿地《しっち》に戻《もど》すことができたのです。それはなんとも、美しい光景でした。毒桃色《どくもも》の蛙《かえる》が鳴き、毒緑色の毒魚が泳ぐ毒水色の沼。岸辺に茂《しげ》る草花は、どれも毒を持った種類ばかりです。まさに「毒を盛って毒を制す」。その奇跡《きせき》の一日が過ぎると、わたくしはごく自然と「毒女」と呼ばれるようになっていました。


「我が人生に悔《く》いなし。毒女として生きる」序章より

1

深夜の空港のベンチで、渋谷《しぶや》家長男はひたすらキーボードを打ちまくっていた。

掌《てのひら》に載《の》る程《ほど》の小型マシンだ。そもそもこれはメールくらいしかできないような単純シンプルな機械だった物を、こまめにジャンク屋に通い改造……改良に改良を重ねて一端《いっぱし》の小型PCに育て上げた自慢《じまん》の一品《いっぴん》だった。

名前は別人27号。

元の製品のデザイン的可愛《かわい》らしさが、改造途中《とちゅう》でどこかへ消えてしまったので。

27号でしているのは、極秘《ごくひ》で運営しているギャルゲー研究サイトの更新《こうしん》だ。もちろん新作の評価をしている場合ではないが、とりあえず日記とBBSだけでも手を着けておけば、常連の何人かは反応してくれるだろう。

テーマは「ナイアガラの滝《たき》を逆流させる方法は、果たしてあるのか」。

よーしこれで全世界の妹・弟萌《も》えの仲間達から、有益な情報が得られるはずだ……あるならね。そうでなくとも蘊蓄《うんちく》を並べ合って議論しているうちに、一休さん宜《よろ》しく妙案《みょうあん》が浮《う》かぶ可能性もある。例えば、ナイアガラ仙人《せんにん》に頼《たの》んでみてはどうか、とか、そんなうまい話はナイアガラー……とか。

ついでに普段《ふだん》出入りしているミリタリー系の掲示板《けいじばん》にも書き込んでおく。勝利《しょーり》としては藁《わら》にもギャルゲオタにもミリオタにも縋《すが》りたい、いっそカニバサミをかけて寝技《ねわざ》に持ち込みたい気分だ。

なにせ十六年間一方的に可愛がってきた、たった一人の弟が、現在行方《ゆくえ》不明なのだ。しかも無断外泊《がいはく》プチ家出とか、カラオケボックスでオールとかそんなレベルの話ではない。

異世界で行方不明。

異世界で！

ステルスの如《ごと》く、レーダー無効。それどころか科学技術全般《ぜんぱん》無効。剣《けん》と魔法《まほう》とゆーちゃん萌《も》えーの世界に行ったきり、大切な弟が還《かえ》ってこない。

そんなRPGみたいな話ってあるか⁉

有利《ゆーり》の友人である村田《むらた》の証言だけでは、とても信じられなかった。なんとまあ想像力豊かなガキもいたもんだ、こういう奴《やつ》が将来、映画を撮《と》ったりするんだろうなと感心したものだ。ところが旧知の間柄《あいだがら》であるボブが加わったことによって、話は一気に信憑性《しんぴょうせい》を増した。

祖父の代からの知人で、会うたびに奇想《きそう》天外な法螺《ほら》話をする妙なアメリカ人は、傍《はた》から見ればごく普通《ふつう》のデ・ニーロ似の容姿で、ごく普通のアメックスプラチナカードの男だった。だが、ただ一つ違《ちが》っていたことは……。

ボブ様は、魔王だったのです。

名実共に地球の魔王である彼から説明されれば、弟の窮地《きゅうち》も信じざるを得ない。胡散臭《うさんくさ》いサングラス越しに見詰《みつ》められては、嘘《うそ》ばっかりと笑い飛ばすのは至難の業《わざ》だ。

「ゆーちゃん……可哀想《かわいそう》に」

弟が、あのバットとボールとミットのことしか頭にない高校生が、地球とは一八〇度異なる世界で魔王をやらされているなんて。恐《おそ》らく税金とか年金とか、恐慌《きょうこう》とか金融《きんゆう》市場とかで小さな脳味噌《のうみそ》を苦しめているのだろう。数学苦手なのに。

とにかく一刻も早く現地に飛んで、弟を連れ戻さなければならない。赤の他人なら悠長《ゆうちょう》なことも言っていられるだろうが、実の兄である勝利からしてみれば、カルガモ池に頭を突《つ》っ込んでいる場合ではないのだ。

「あの黒メガネ白メガネめ。俺にはナイアガラだの富士山だの言っておきながら、自分達は羽田だなんて。なにローカルなこと言ってやがる、今どき羽田に外人が来るかよ」

自分の眼鏡《めがね》を棚《たな》に上げて、渋谷勝利は呟《つぶや》いた。彼の場合、眼鏡は顔の一部だから問題ない。

ボブとムラケンは、地球産魔族の有力者であり向こうの世界にも繋《つな》がりがある、ロドリゲスという男の到着《とうちゃく》を迎《むか》えに行った。長閑《のどか》な雰囲気《ふんいき》が自慢の羽田《はねだ》空港に。

何処《どこ》から来るんだ、ロドリゲスは。ロシアか韓国《かんこく》か中国か？

一方、ナイアガラ瀑布《ばくふ》の逆流を目論《もくろ》む勝利は、一人別行動をとり、真新しい十年パスポートを手に新東京国際空港に来ている。

成田《なりた》に着いたのは夜の八時過ぎだった。国際便の発着はまだ終わっていなかったが、日暮れ頃《ごろ》から降り始めた雨が、やや強くなりだしていた。カウンターの女性職員も、苦情攻撃《こうげき》を受ける前だったのでまだにこやかだ。

当座の行動資金になりそうなのは、ああ悲しいかな学生カードだが、それでもオレゴンまでの往復航空券くらいは購入《こうにゅう》できる。ただし、エコノミーでよろしいですかの質問には、すんなり頷《うなず》くしかないだろう。畜生《ちくしょう》、絶対金持ちになってやるーと心の中心で密《ひそ》かに叫《さけ》んだ。

昨年から翳《かじ》り始めた株式は、まだ全然利益が出ない。

「キャンセル待ち？」

そんな葛藤《かっとう》を圧《お》してカウンターに並んだので、いきなり満席を告げられて正直なところ肩透《かたす》かしを喰《く》らったような気がした。

「オレゴンってそんなに大人気？　ああ、秋の観光シーズンだから『オレゴンから、秋』をしに行く人で満員なのかな……」

「お客様、ナイアガラの滝ですとカナダ行きでございますね」

「し、知ってたさ。河童《かっぱ》の川流れは楽しそうに泳ぐ姿ではないってこともね」

女性職員ににっこりと指摘《してき》されて、渋谷勝利は久々に恥《はじ》をかいた。自称アメリカ帰りとしては、家族には知られたくない過《あやま》ちだ。しかもキャンセルを待つ間に、何便かが気象上の理由で飛ばなくなってしまった。乗りはぐれた客でベンチは無くなるし、ロビーは不快な人いきれで熱くなってきた。日本は十月末なので、設備の空調も甘かったのだ。

かといって皆《みな》、外に出る気にはとてもならない。雨は今や吹《ふ》きつける風のせいで、横殴《よこなぐ》りの豪雨《ごうう》になっている。関東地方にも台風の影響《えいきょう》があったのかと、硝子《ガラス》を叩《たた》く暴風を見てやっと知った。

夜を徹《てっ》してフライトを待つ覚悟《かくご》の者もいれば、隣接《りんせつ》するホテルでゆっくりしようという優雅《ゆうが》なビジネスマンもいる。どちらも不可能そうなので、とりあえず職員に当たっておけという不届き者もいるらしく、あちこちで苦情を言う声が響《ひび》いていた。

取り敢《あ》えず更新を終えた勝利は、扱《あつか》い慣れた別人27号を閉じた。隣《となり》もその隣もそのまた隣も、喫煙《きつえん》できずに苛《いら》ついた様子の会社員だ。服に染《し》みついた匂《にお》いで判《わか》る。健康第一嫌煙《けんえん》主義の弟なら、五分も我慢《がまん》できないだろう。

勝利はちょっとした悪戯《いたずら》心を起こし、ビジネスクラス専用のラウンジに足を向けた。にこやかな女性職員が、ＰＣを脇《わき》に置いて待ち受けている。ためしにボブの名前を告げてみると、驚《おどろ》いたことにすんなり通してもらえた。

ありがとうボブ。ホタテの貝殻《かいがら》で乳首《ちくび》だけ隠《かく》したセクシーコスチュームで、ご利用サンバなど踊《おど》っていたくせに、こういう場所では使える男だ。

内部は天国だった。一般《いっぱん》待合い客の屯《たむろ》するロビーとは大違いだ。落ち着いた色合いでトータルコーディネートされた部屋には、身体《からだ》が沈《しず》むほど柔《やわ》らかいソファーが余っている。コーヒー紅茶のソフトドリンクサービスと共に、壁際《かべぎわ》のマガジンラックにはビジネスに関する雑誌が全《すべ》て揃《そろ》っていた。無いのはスポーツ新聞くらいだ。もちろん空調も完璧《かんぺき》。

「これこそ別世界だろ」

さりげなく置かれたパンフレットには、乗航記念として信楽焼《しがらきやき》プレゼントとまで書いてある。運良く飛行機に乗れた時の話だが。やっぱりあの狸《たぬき》をくれるのだろうか。

惚《とぼ》けた顔した雑食動物を抱《かか》え、自宅まで帰る様を想像しながら、シンプルな白のカップにコーヒーを注いで戻《もど》ってくると、ガラ空きの部屋の中央に女の子が一人で座っていた。自分が荷物を置いたのと同じテーブルだ。これだけ席が余っているのに、どうしてよりによって勝利の近くを選んだのだろうか。

先にいたこちらが場所を変えるのも妙な気がして、カップを持ったまま女の子の隣に戻る。彼女は明らかに外国人だった。一瞬《いっしゅん》見ただけでも確認《かくにん》できる。天然物の茶髪《ちゃぱつ》をきっちりと結《ゆ》い上げ、やはり茶色の睫毛《まつげ》の奥では、青灰色《あおはいいろ》の瞳《ひとみ》が微笑《ほほえ》んでいる。なのに服装は純和風で、朱《しゅ》に近い赤に金糸で魚の刺繡《ししゅう》という、名古屋を思わせる着物姿だった。鄙《ひな》びた温泉宿にでもいれば、名物女将《おかみ》ともて囃《はや》されもしたろうが、ここは台風真っ最中《さいちゅう》の国際空港だ。いくらにっこり微笑まれても、変な外人としか思えない。

関わり合いになるのはやめておこう。意外と保守的なところのある渋谷勝利は、目を合わせないようにしながらコーヒーを啜《すす》った。だが。

「ハーイ、コニツワー」

「……コニツワー」

先方は積極的だった。なんだこの、日本通ぶりたい外国人は？

「アナタハー、ゲイーシャですかー？」

「……いや、違うから」

「おーう、ザーンネーンムネーン、ハラキリ上等」

彼女は自分の着物を指して、ワタシは芸者ですと胸を張った。誇《ほこ》らしげだ。

「いや、多分あんたも違うから」

「ノー、ワタシはゲイーシャのはずでーす」

青灰色の瞳が涙《なみだ》ぐむ。外国人の、しかも年下の旅行者を泣かせてしまい、勝利は慌《あわ》てて開いていた雑誌を置いた。

「あー、悪い、あースミマセン。俺まだ芸者遊びをしたことがないもんで、本物の人に会ったことがなかったんだ。申し訳なかった、こちらの間違いだ」

休暇《きゅうか》を利用して海外旅行をする日本人は増加しているが、観光目的で来日する諸外国人の数は芳《かんば》しくない。ここで我が国の印象を悪くしたら、リピーターが増えないばかりか、彼女の友人知人まで反日派になりかねないだろう。日本を観光大国にしようと、都知事も提唱しているではないか。たとえ相手が勘違《かんちが》いしたキル・ビル娘《むすめ》だとしても、最初に接触《せっしょく》する第一日本人としては、可能な限り愛想をよくしておかなくてはなるまい。

「立派な芸者ぶりですね、うん。特にその、川上りをする鮭《さけ》が印象的だ」

「ノー、これはコイでーす。アナタぜんぜんワカッテ今千年？」

「……はは……えははは……今は二千年台」

笑うべきところなのか、天然なのかも判《わか》らない。

ギャグが受けたと勘違いしたのか、彼女はいよいよ親密そうに話し掛《か》けてきた。懐《ふところ》にしまってあったパスポートを開いて見せる。

「オータムンコの休みを利用して、ジャパンのトモダチンコにステイしに来マシタ」

「は⁉」

聞いている勝利のほうが慌ててしまった。うら若き女性が公共の場で、そんな単語を口にするのはどうだろう。ていうか誰《だれ》だ、間違った日本語教育した奴《やつ》は。

「ちょっと待てお嬢《じょう》さん、それトモダチンコじゃなくて、友達ん家《ち》じゃねえかな」

「おーう、ソーデス。トモダチンチ……」

そこで切っとけ、ンは付けるな。勝利は三本の指で眉間《みけん》を押さえた。

乱れてる。若い娘さんがサラリと下ネタを喋《しゃべ》るなんて、合衆国はどこまで乱れているんだ。

「メル友《とも》ですョー、メル友ー。日米のカルチャー交流として、互《たが》いに援助《えんじょ》交際シテいるのです」

「頑張《がんば》れと言っていいものかどうか……」

もしもそれが本当なら、お薦《すす》めできない文化交流だ。オーゥ、ニポーン乱れてるネー。ジャパングリッシュならぬアメリパニーズに影響されて、五七五のリズムを失いつつ嘆《なげ》く。

「トモダーチ、迎えに来なーいのデスカー？　ひょっとしたらタイフーンで遅《おく》れてますカー」

確実に伝染していた。

「ののの」

少女は右手を顔の前で振《ふ》って、否定の意味を表しつつ続けた。

「ボブというヒトを待テイマース。トモダチンコに泊《と》まる前に三日間、彼の参加するカーニバルを見物させてもらう予定デース」

「へーえ」

勝利は読みかけていた雑誌を手にとり、先月の相場変動グラフをチェックし始めた。ユーロからは目が離《はな》せない。

「そっちのボブは常識人だといいな」

それきり二人は黙《だま》り込み、ただ窓の外の豪雨を眺《なが》めていた。

……ボブ？

「ボブってあのボブか⁉」

訊《き》いてしまってから馬鹿《ばか》らしさに気付いた。ボブなんてどこにでもある名前だ。日本でいえば又三郎《またさぶろう》くらいのメジャーさだろう。たまたま空港で隣《とな》り合わせただけの相手が、間接的な知り合いであるはずがない。

「あのボブってどのボブ？」

青い目の自称《じしょう》ゲイシャガールは、当然の事ながら流暢《りゅうちょう》な英語で聞き返してきた。

「メガネーズの。黒いグラサンかけて、やたら偉《えら》そうで雰囲気《ふんいき》のあるおっさんだ」

「じゃあきっと違《ちが》うわ、偉そうだなんてとんでもない。あたしの知り合いは陽気で気さくなボブ小父《おじ》さんだもの。ハイテンションなロバート・デ・ニーロみたいな感じよ」

「デ・ニーロ？　偶然《ぐうぜん》だなあ、こっちのボブも似てる、というかクローン疑惑《ぎわく》が」

「え、お知り合いは道化師《クラウン》なの？　それにしてもあなたの英語はひどいのね。今どき幼稚園児《ようちえんじ》でもそんな喋り方しない」

お、お、お前の日本語はどうだってんだー⁉

叫《さけ》びを呑《の》みこみ、勝利は膝《ひざ》の上で拳《こぶし》を握《にぎ》り締《し》めた。我慢《がまん》だ渋谷勝利、ここは我慢だ。通知票に「気が短い」と書かれていたのは、自分ではなく弟だったはずだ。

「正確にはボブがデ・ニーロに似てるんじゃなくて、あっちがボブに似てるのよね。だってあたしの待ってる相手は、ずっと昔、祖母の祖母くらいの代から、今と同じサングラスと髪型《かみがた》なんだもの」

「……祖母の祖母の時代から今と同じ……」

「そうよー、変人でしょ？　もう殆《ほとん》ど化け物よね。本人は冗談《じょうだん》めかして魔王《まおう》だなんて言ってるけどね」

勝利は拳でテーブルを叩《たた》いた。コーヒーのカップが耳障《みみざわ》りな音をたてる。

「名前は⁉」

和服のボストン人はきょとんとした顔をして、また珍妙《ちんみょう》な日本語に戻《もど》った。

「名前、オー、ワターシの名前はアビゲイル・グレイブスでーす」

「あんたの名前じゃねえよ、ボブのフルネームの話」

地球の魔王陛下のファーストネームは、滅多《めった》に口にされることがない。

2

シーソーにでも乗っているような気分だった。

激しい横揺《よこゆ》れに床《ゆか》が傾《かたむ》き、右の壁《かべ》、今度は左の壁へとぶつかりながら、操舵室《そうだしつ》の面々は必死で頑張っていた。おれも船底から連れ出してきた少女を抱《かか》えて、一生懸命両脚《けんめいりょうあし》を突っ張っている。なるべくクッションになってあげたいのだが、反射神経だけではそううまく庇《かば》えない。結果としてヨザックが二人分の被害《ひがい》を受けることになってしまった。まあ我慢してもらおう。おれたちには筋肉があるけれど、少女は痩《や》せすぎていて骨を折りそうなのだから。

「あれだね、あれ。フライングパイレーツっ」

「パンツが飛ぶなんて、坊《ぼっ》ちゃんたら、そんないやらしい」

「中途半端《ちゅうとはんぱ》な翻訳《ほんやく》能力《カ》にょうろくを披露《ひろう》するなよ……イテ、舌嚙《か》んだ」

おれの腕《うで》の中で少女が息を呑んだ。舵《かじ》取りの男が短い声をあげたからだ。彼女達の言語では、呪《のろ》いの文句か何かだったのだろうか。

もう随分《ずいぶん》前からこの貨物船の舵は、船底から連れてきた神族の男に任せている。サラ曰《いわ》く「小シマロン近海で難破していた奴隷《どれい》」の一人だ。おれには祖国を捨てて逃《に》げてきた難民に見えるのだが、幼い頃《ころ》から大国の王たる教育を受けてきた人間には、彼等は「奴隷」にしか見えないらしい。

真実がどうあれ、今は議論している暇《ひま》はない。生きるか死ぬかの瀬戸際《せとぎわ》だ、優秀《ゆうしゅう》なら猫《ねこ》の手も借りたい。この海域を行き来した経験のある者がいれば、ルーキーよりずっとベテランのほうが頼《たよ》りになる。

サラにとっては奴隷かもしれないが、おれにとっては心強い助っ人だ。

「この時化《しけ》を、抜《ぬ》ける日は、果たしてくるんだろうか」

「オレなんかもう、生まれたときからずっと荒海《あらうみ》の中で生活してきたような気分になっちまってますよ。海の乙女《おとめ》グリ江《え》……ぐは」

「うはーごめん、鳩尾《みぞおち》に一撃《いちげき》入れちゃった」

「へ……へへ……坊ちゃん、いい肘鉄《ひじてつ》でしたぜ」

心なしか涙目のヨザック。

「それにしても、この揺《ゆ》れじゃあ、ヴォルフじゃなくても、ダウンしちゃうって。普段《ふだん》は船酔《ふなよ》いしないおれでさえ、腹いっぱいだったらかなりヤバ……お、お、おえーぷ」

すんでのところで口を押さえる。喉《のど》の奥に苦いものが広がった。食後ではなくて本当に良かった。濡《ぬ》れた床に貼《は》りつく海図に手を伸《の》ばし、少女がおれの腕から離れる。抱《だ》き合って震《ふる》えていた小シマロン船員達が、それに気付いて近寄ってきた。せめて現在地くらいは把握《はあく》したい。

彼女は関節が浮《う》くほど細く、爪《つめ》のすり減った指先で、簡素な図面の一点を指した。おれたちは横揺れで転がされないように、這《は》いつくばって覗《のぞ》き込んだ。広がる波模様の所々に、顔を出す魚の絵がある。シンプルなマークはいくつも繋《つな》がって、一つの大陸をぐるりと囲んでいた。海域の変わり目だろうか。

少女は湿《しめ》った紙を二回叩《たた》くと、同じ指を操舵室の正面に向けた。窓の外、指差す向こうには、明らかに色の違う波が見える。

「……あそこが」

おれもヨザックも小シマロン船員達も、予想外の光景に息を呑んだ。

それは、海面に描《えが》かれた境界線だった。どんな自然の仕業《しわざ》なのか、一本のラインでくっきりと隔《へだ》てられている。船のいるこちらは陰気《いんき》な灰色なのに、線を跨《また》げば明るい薄緑《うすみどり》色だ。

「あそこでこの厄介《やっかい》な流れが終わるのか？　あんな綺麗《きれい》に、あんなにくっきり……なあ、海ってそういうもんなのか？」

金色に輝《かがや》く少女の瞳《ひとみ》が、おれの顔をじっと見詰《みつ》めた。言葉が通じないので返事はもらえないが、当惑《とうわく》しているのは伝わったに違いない。

「あの先は波も穏《おだ》やかで、そのまま聖砂国《せいさこく》まで行けるのかな……ちょっと待て、あそこまでどれっくらいだよ。海の上で距離感《きょりかん》摑《つか》めないけど、うーん、およそ二百メートルくらいかな」

「メートルってのがどれくらいかは判《わか》りませんが、そう近くはないようですよ坊ちゃん。障害物がないからすぐそこに見えるけど、まだ余裕《よゆう》で五十船体分はありそうですね。更《さら》にその先、陸地までは……ん―大雑把《おおざっぱ》に言って三倍はあるかな。もっとも海図が正確ならの話ですが」

標準船幅《せんぷく》がどれくらいなのかは不明だが、二メートルや三メートルということはないだろう。この貨物船だって港で見た限りでは、舳先《へさき》から船尾《せんび》まで九十メートルはあった。計算しやすい数字を採用するとして。

「百×五十……五千か……そんなにっ⁉」

しかも陸地は更に先、目標が大きいから目を凝《こ》らせば見えるだろうが、とても近いとは言えない距離だ。

「でもまあ船だし。何ノットでるのかは聞いてないけど、難所を抜けて海が穏やかになりさえすれば、夜までに辿《たど》り着けるかも」

触《ふ》れていた肩《かた》が不意に動き、少女が仲間の男に這い寄った。数度叫び合った後に、おれを指差して何か説明している。神族の男は舵輪を握ったまま首を横に振《ふ》った。用心深さを表すように、金色の瞳はちらちらとこちらを窺《うかが》っている。

明らかに信用されていない。

無理もなかった。彼等から見れば、おれは小シマロン王の友人だ。決死の覚悟《かくご》で亡命を試みたのに、サラレギーのせいで今また強制送還《そうかん》されようとしているのだから、その友人であるおれに気を許すわけがない。

「フネ！」

勢いよく振り返っておれの腕を握ると、少女は理解できる言葉を発した。よく使われるいくつかの単語を覚えたのだろう。

「なに？」

「フネ！」

もう一度言って、指先を背後に向ける。荒海を指しているのか、サザエさんの母を呼んでいるのかは判らない。

「フネ、が何だって？　今更おれたち全員に戻れっていうんじゃないだろうな……あっ、まさかきみたち、この貨物船を乗っ取って、セーラー服の海賊《かいぞく》みたいにシージャックするつもりか⁉」

警戒《けいかい》の気持ちを感じ取ったのか、少女は悲しげに首を振って否定した。意思の疎通《そつう》がとれないことが、こんなにももどかしいものだとは。慌《あわ》てて周囲を探したおれは、小シマロンの花形操舵手《そうだしゅ》の胸に、筆記用具らしき棒を発見する。短く断って抜き取ると、湿った海図の端《はし》に小さく「？」を描く。地球記号が通じるとは思わないけれど。

「……フネぇ……」

ペンらしき筆記具を受け取った少女は、？に枝を付けて人間マークにした。それを五つ並べて描《か》き、下に逆三角形の器《うつわ》を添《そ》える。船というよりはボートサイズだ。同じ物を更にもう一つ描き、線が滲《にじ》むより早く、人型の上に置いた指を自分の胸に当てた。これが私、というように。次に少し離《はな》れた所に大きな三角形を描き加えると、今度はおれとヨザックを指差した。一生懸《けん》命《めい》何かを訴《うった》えようと、金色の瞳が覗き込んでくる。

「ごめん、よく、判らな……」

「ああ！」

静観していたヨザックが、顎《あご》の前で拳《こぶし》をポンと叩いた。

「救命艇《きゅうめいてい》が欲しいんですよ」

「はあ？　救命艇？　あー成程《なるほど》、小さいと思ったらこれ救命ボートなんだ。じゃ、こっちの大きいのが貨物船……てことは自分達を救命ボートで脱出《だっしゅつ》させてくれって言うのか？」

通じているのかいないのか、少女は深く大きく頷《うなず》く。

「今更なんで脱出だよ。もう自分達の国が目の前だってのに」

「やっぱ陛下の読みは当たってたんでしょうね」

揺れが少し穏やかになったせいか、お庭番はおれから身体《からだ》を離して言った。

「彼等は……船底に閉じ籠《こ》められている連中もですが。故国に返されるくらいなら、荒《あ》れ狂《くる》う海に戻《もど》るほうがましだと言いたいんでしょうよ。たとえ頼りない小船ででもね」

「え⁉　ちょっと待て、あんたたち元来た方へ戻るつもりなのか。冗談《じょうだん》だろ⁉　あの恐《おそ》ろしい最悪の海流を、小さい救命ボートなんかで越《こ》えられるもんか！　波に弄《もてあそ》ばれる木の葉みたいなもんだろ」

おれは海図から身を起こし、痩《や》せた少女の顔を見詰めた。

「なあ、悪いことは言わない。一旦《いったん》、聖砂国に上陸して、準備万端調《ばんたんととの》えてから再度チャレンジしなよ、な？　先方の王様やサラレギーが何か文句言ったら、及《およ》ばずながらもおれが口添《くちぞ》えするからさ」

舵取りの男が髭《ひげ》を震わせて叫《さけ》びかけた。それを右掌《みぎてのひら》で制しておいて、少女はゆっくりと首を振る。おれの提案を朧《おぼろげ》気ながら理解した上で、否定しているのだ。

「なんで？　おれってそんなに頼りないかなあ、約束を守る男にはとても見えない？　ヨザック、あんたからも言ってやってくれよ」

「オレが？」

いつも陽気なお庭番は、オレンジ色の髪《かみ》を誤魔化《ごまか》すように掻《か》き上げた。上腕《じょうわん》二頭筋に水滴《すいてき》が落ちる。

「参ったな、そりゃ無理ってものよぉ坊《ぼっ》ちゃん。オレに何が言えるってんですか。こんな必死な眼《め》をした連中に向かって、悪夢の場所に戻れなんてとても言えやしない」

「悪夢って……」

「生まれ育った故郷を捨てて逃《に》げるなんて、余程のことがなけりゃ考えやしませんよ。その連中を説得する文句なんて、オレにはとても思いつかない。どんな命令であろうと陛下のご決断には従いますが、あんまり難しいことはさせないでください」

自分自身の体験を思いだしたのか、ヨザックは眉間《みけん》に皺《しわ》を寄せて溜息《ためいき》を吐《つ》いた。魔族《まぞく》の血を引くために迫害《はくがい》を受けた彼もまた、シマロンから眞魔《しんま》国《こく》へと逃《のが》れた過去を持っている。共感するものがあるのだろう。

だからといって、要求を呑《の》むわけにもいかない。彼女の望みどおり神族の皆《みな》を脱出させても、小さなボートで荒れ狂う海流を越えるのは無理だ。たとえ運が味方しても、全員が生き延《の》びるのは不可能に近い。

「大体さ、この船に救命艇って何隻《せき》あったっけ。四？　四隻？」

小シマロン船員が指を四本立てた。大人三十人までは乗れるとしても、神族全員の数には程遠い。

「どんな無茶しても定員オーバーだろ。サラレギー軍港できみらを見た時も、相当寿司詰《すしづ》めだと驚《おどろ》いたもんだけど……おい、待てよ……きみたちの仲間って」

おれの脳味噌《のうみそ》の奥の方に、不意に数十日前の光景が浮《う》かんだ。うみのおともだち号が小シマロンに入港し、神族の子供二人を助けたときだ。大人も子供も入り交じった神族達が、今にも沈《しず》みそうな小さなボートにひしめき合っていた。赤ん坊《ぼう》を抱《かか》えていない大人達は、ちぎれるほどに両手を振っていた。小さな子供は小舟《こぶね》を揺《ゆ》らす波に振り落とされまいと、親や兄弟の膝《ひざ》にしがみついていた。

あんな壊《こわ》れかけた船でシマロン大陸目前まで辿り着いたのは、奇跡《きせき》としかいいようがない。聖砂国近海の状況《じょうきょう》を知った現在では、それがどんなに危険なことかよく判《わか》る。だが、もう一つ腑《ふ》に落ちない点があった。ここの船底に詰《つ》め込まれていた人々の数だ。

「下にいるきみたちの仲間って、何人くらいだ？　港で救助された一団よりは、どう数えても多いよな……それに」

暗く空気の澱《よど》んだ船底での様子を、一生懸命イメージする。酸素はあるのに海の中の匂《にお》いがした。息が詰まるようだった。そして誰《だれ》も喋《しゃべ》らない、赤ん坊の泣き声もしない。

「子供は、子供達はどこ行ったんだ？　おかしいだろ、おかしいよな。港で見たときはもっと人数が少なかったけど、大人も子供も赤ん坊もいたんだ。きみより小さいゼタとズーシャみたいな子供がいたはずだ。あの子達はどこへ行ったんだ？　頭数は倍以上に増えてるのに、子供は一人もいないってどういうことだよ!?」

「あの」

ペンを奪《うば》われた花形操舵手が、上目遣《うわめづか》いに怖《お》ず怖《お》ずと口を挟《はさ》んだ。おれと視線が合うとビクリと肩を竦《すく》め、海の男らしからぬ細い声で発言する。

「あのー、幼小児は、我が軍で保護したのだと思いますが」

「軍が保護？　救助の勘違《かんちが》いじゃないの。だってサラレギーは難破船の乗員を救助したと思ってるんだぞ？　だからこそ祖国に帰そうとしてるんだろ。まあ、奴隷《どれい》呼ばわりと酷《ひど》い待遇《たいぐう》は許せないし、実際にはおれの推測どおり、難破じゃなくて難民だったわけだけどさ」

「ですから、サラレギー様は役に立たない大人や年寄りを、年に一度送還《そうかん》されているのだと思います。この少女くらいの年齢《ねんれい》になれば、神族の価値もはっきりしますから」

価値？

花形操舵手の左腕《ひだりうで》を抱え込んでいた一番年の若そうな男が続けた。小シマロンの国民である彼等は、そんなことを知らない輩《やから》がいるなんて！　という顔だ。

「神族の中にも生まれ持った法力の強い者と弱い者がいるんすよ。この女くらいの歳《とし》になっても法術が使えなきゃあ、そいつはもう役に立たない駄目《だめ》神族なんです。そりゃまあ我々人間と同じくらい修行を積めば、使えるようになるのかもしれませんが、そんなんじゃ神族としての価値はないんすよ。言ってみりゃ雑魚《ざこ》です、用無しです。なんせこいつらのウリは法力が強いってことだけですからね。法術が使えなけりゃ単なる労働力ですから、収容所に入れたり開拓《かいたく》作業に使ったりします。それっくらいしか役に立たないんすよ」

「酷い言いようだな」

「え!?　も、申し訳ありません」

無意識に顔を顰《しか》めていたようだ。相手は口先では謝ったが、話をやめる気はないらしい。

「しかもここ数年は流れ着く数が多くてですね、正直、供給過多気味なんです。奴隷だって寝《ね》るし飯も食う、金にもならない雑魚ばっか押し付けられて、税金を食い潰《つぶ》されたらたまらんじゃないですか。だからいい機会だっていうんで、手土産《てみやげ》代わりに積んできたんだと思います。けど、赤ん坊やちんまいガキ……子供は違《ちが》う！」

船員の語調が強くなると、海図の上に両手をついたままで、少女は細い肩《かた》を震《ふる》わせた。会話の内容は理解できないはずなのに、下を向いて唇《くちびる》を噛《か》んでいる。その様子になど目もくれず、若い男はポニーテールを元気に揺すった。

「幼児や赤ん坊には才能が眠《ねむ》ってる可能性がありますからね！　流れ着いた集団に小さいのが混ざっていれば、それは全《すべ》て軍部が保護するんです」

「保護して……どうすんだ？　養子にして英才教育を施《ほどこ》したり、お受験させたりするのか」

「養子？　まーさーかーぁ」

笑いながら右手を振《ふ》った部下を、花形操舵手が肘《ひじ》で小突《こづ》いた。リラックスしすぎて慌てたのだろう。上司の実力行使に顔を顰《しか》めながらも、若者は悪びれもせずに続けた。

「売るんすよ」

「売、る？」

「ええ。赤ん坊のうちに商人に売ったり、法力を鍛《きた》えて法術を教え込んでから、他国の軍隊に売ったりするんすよ。かなりの額になります。もちろん戦力になりそうな優秀《ゆうしゅう》なのを、我等が小シマロン軍が選《え》り抜《ぬ》いた後ですが」

ただ最近は人材の流出が激しくて、育て上手な養成官が他国に引き抜かれたりしてるんすよねー。嘗《かっ》ては神族といえば小シマロン育ちと言われてたもんですが、皮肉なことにここ数年は逆輸入なんて話も聞くんすよねー。と、若手船員はぼやき続けている。おれはといえば、あまりにも現実味を帯びない言葉に、脳味噌のシフトを変えるので一生懸命《けんめい》だった。

サラレギーから奴隷の件を聞かされた時点で、当然予想できる事態だ。小シマロンは流れ着いた神族の人々を、「商品」として売り飛ばしている。言われてみればあの荒野《こうや》で親しくなった神族の双子《ふたご》、ジェイソンとフレディもそうだった。恐らく強力な法術使いだから、ナイジェル・ワイズ・マキシーンに買われて連れ回されていたのだろう。

赤ん坊の頃《ころ》に故郷を離《はな》れ、法術者を養成する施設《しせつ》で育ったと言っていた。だから自分達の生まれた土地が、どんな場所か覚えていないのだと。故郷に還《かえ》りたいと二人は泣いた。聖砂国の様子など何も知らずに。

「まあ、こいつら雑魚《ざこ》神族を送り返したところで、元の奴隷生活に戻《もど》るどころか、脱走者《だっそうしゃ》としてもっと下層階級に落とされるだけすからね。それ考えりゃ葉っぱみたいな救命艇《きゅうめいてい》ででも、こっから離《はな》れたいって気にもなりま……」

「あんたら……最低だな！」

最低なのはおれだ。例によって感情を抑《おさ》えきれない。

声というより叩《たた》いた床《ゆか》の音に驚いたのか、小シマロンの若い船員は茶色い瞳《ひとみ》を丸くした。

「なにを得意げに語ってんだよ、人身売買だぞ⁉　犯罪だろ、人として間違ってるだろ⁉　誰か言わないのか、言わなかったのか？」

「お言葉ですが……陛下」

おれの剣幕《けんまく》に呆気《あっけ》にとられる部下の代わりに、年長の花形操舵《そうだ》手《しゅ》が答える。

「彼等は奴隷です」

「あのなっ、さっきから聞いてりゃ奴隷奴隷って何度も何度も！　義務教育も終えたいい大人が、恥《は》ずかしいと思わないのか⁉」

彼は困惑しきった顔で応《こた》えた。

「我々にとっては、当たり前のことでしたから」

「当たり前、って」

「そういうもんですよ、陛下」

ずっとだまっていたヨザックが、おれの背中から諭《さと》すような口調で言った。

「知らなければそれまでだ。自分達のしていることが正しいかどうかなんて、誰かに教えられなけりゃ気付かないもんです。オレなんかある人物に教えられるまで、自分達は牛や馬と同じ家畜《かちく》なんじゃないかと勘違いしてましたよ」

「だけどヨザック、人身売買だよ。本当に……実際に。当たり前だなんてあり得ないよ、人道的に考えて」

「本当にっ！」

年長の操舵手が割って入った。だが勢い込んで叫《さけ》んだ言葉は、消え入りそうに小さくなる。潮風で赤らんだ頰《ほお》が、震えている。理由は判らない。

「……当然のことだったのです。彼等は奴隷なのだと、自分達よりもずっと劣《おと》る生き物だと、そう……思っていました」

「だから平気で商品として扱《あつか》えたって？」

その場凌《しの》ぎの言い訳めいた内容に、喉《のど》の奥がかっと熱くなった。

ここで一人二人の小シマロン人を怒鳴《どな》ったところで、事態が好転するわけではない。目の前の相手に当たり散らしても、自分の器《うつわ》の小ささが露見《ろけん》するだけだ。感情的になるべきではない、頭の中では必死に言い聞かせているのだが。

「へえ！　打率や防御率《ぼうぎょ》でもなく、人としての存在に優劣《ゆうれつ》つけてたんだ。どういう評価基準なのかおれにはさっぱり解《わか》らないな！　是非《ぜひ》とも教えてほしいもんだ。例えば彼」

舵輪にしがみついていた神族の男が、不意に指されて目を剝《む》いた。怯《おび》えたように両肩が上がる。

「彼だ。ベテラン船乗りのあんたたちでも太刀《たち》打ちできなかった、この悪夢みたいな海の難所を越《こ》える腕《うで》を持ってるのに、シマロン人より劣ってるってわけだ。だから船底に閉じ籠《こ》められて、売られたり買われたり、売れないから返品されたりする、と。ほんっとにわっかんねぇな、おれには理解できない。どこがどう劣ってるのか、説明してくれよ！」

普通《ふつう》に日本で高校生活を送っていれば、日常的にはそんなこと考えもしない。奴隷商人がいて、同じ人間が金銭で取り引きされるなんて、歴史の教科書の中、もしくは遠い国での出来事にすぎなかった。

だが、これは現実だ。

おれの懐《ふところ》にはジェイソンとフレディが送ってきた、血で記された手紙がある。目の前には、生まれ育った土地を命懸《いのちが》けで離れ、戻るくらいならば荒《あ》れ狂《くる》う海へ向かうという人々がいる。

聖砂国は、地獄《じごく》なのか。

人々にとって還る意味もない最悪の場所なのか。

おれはそんな恐《おそ》ろしい土地に、幼い女の子二人を送りつけてしまったのか？

一瞬《いっしゅん》のうちに沸点《ふってん》に達した怒《いか》りは、冷めるのもまた早かった。急速に勢いをなくし、自己嫌《けん》悪《お》へと姿を変える。

「……畜生《ちくしょう》、そんなんじゃ帰りたくないはずだ」

冷たくなった掌《てのひら》で額を押さえ、おれは濡《ぬ》れた床に座り込んだ。気分が悪くなったと勘違《かんちが》いしたのか、少女が左手を握《にぎ》ってくれた。細い指だった。細くて白い、関節ばかりが浮《う》き立った肉のない指だ。ふと、ほんの数週間前まで過ごしていた日本で、彼女ができかけたのを思い出す。村田の通う進学校の学園祭で、同じ中学出身の橋本《はしもと》と偶然《ぐうぜん》会った。ラケットの胼胝《たこ》はまだ残っていたが、もっとずっと温かくて、もっとずっと柔《やわ》らかい手をしていた。

そう歳も変わらない女の子同士なのに、二人の指はこんなに違う。

「ありがとう、大丈夫《だいじょうぶ》だ」

ほんの少し触《ふ》れているだけの皮膚《ひふ》から、僅《わず》かずつだが熱が流れ込んできて、言葉ではない優《やさ》しさが伝わってきた。こんなにも逼迫《ひっぱく》した状況下《じょうきょうか》に置かれながらも、おれの身体《からだ》を気遣《きづか》ってくれているのだ。

「……大丈夫だよ、きみたちをあそこに連れ戻したりしない」

船員達がはっとして顔を上げ、ドアに向かって駆《か》けだそうとする。だが、彼等が動くより先に、湿気《しけ》った板が音を立てて蹴《け》られた。

「うひ」

「はーい、慌《あわ》てない慌てナーイ」

察しのいいお庭番が口端《くちはし》を曲げて笑い、素早《すばや》い動きで操舵室《そうだしつ》の扉《とびら》に脚《あし》を掛《か》けていた。事が済むまで何人《なんぴと》たりとも出さない構えだ。サラレギーへの報告を諦《あきら》めた花形操舵手が、意を決したようにおれに尋《たず》ねた。

「この者達に救命艇をお与《あた》えになるのですか？」

「残念ながら違うよ、花形操舵手。そんな小舟《こぶね》であの海流を越えられるわけないじゃないか」

今から考えるとゼタとズーシャが乗っていたボロ船が小シマロンまで辿《たど》り着けたのは、奇跡《きせき》に近い確率だ。海の穏《おだ》やかな時期と重なったのでなければ、かなりの数の犠牲《ぎせい》をだしているに違いない。

おれの目の前でそんなことをさせるものか。

「大きなお船で行かせてやりたいとなると ー……この貨物船を明け渡《わた》すしかありませんやね。とはいえあの白っぽい少年王様が、黙《だま》って見過ごしてくれるわきゃないですが。ああ、そうだ」

考え込むおれの頭上でヨザックが言った。彼にかかると厄介《やっかい》な問題も、いとも簡単なことのように聞こえる。

「神族の連中が反乱を起こすってのはどうですか？　で、本来の持ち主を脅《おど》して追い出す、と。人質《ひとじち》役はオレにお任せを」

割烹着《かっぽうぎ》姿の健康優良兵士が、痩《や》せ細った神族に羽交《はが》い締《じ》めにされる様子を想像してみる。えらく不自然な人質だ。十数人で一斉《いっせい》に立ち向かっても、ヨザックの敵ではなさそうだ。

あの人達は良くいえば平和的だが、悪くいえば覇気《はき》がなくも見えた。劣悪《れつあく》な環境下《かんきょうか》に置かれていたせいもあるだろうが、少々発破《はっぱ》をかけたところで、とても反乱など起こしそうにない。

「うーん、無抵抗《むていこう》主義ともちょっと違うみたいなんだけど。いや待て待て、グリ江ちゃん。反乱なんて物騒《ぶっそう》なことを焚《た》きつけちゃ駄目《だめ》だ。あくまでも理想は無血開城、無血開船なんだからさ……」

窓の向こうに視線をやると、波の分かれ目がくっきりと見えた。まるで絵に描《か》いたみたいに鮮《あざ》やかだ。おれたちはあのラインの先、穏やかな色の海域まで行きさえすれば、そう苦労もなく聖砂国へと辿り着けるだろう。その先は小舟でも構わない。いっそのこと救命ボートでも。

「ヨザック」

「なんざんしょ、坊《ぼっ》ちゃん」

「おれは今からかなり危険な嘘《うそ》をつくけど、あんまり軽蔑《けいべつ》しないでくれ」

「軽蔑だなんてとんでもない」

長い脚《あし》を支《つっか》え棒にしながら、胸の前で腕を組む。割烹着の白い袖《そで》の下で、しなやかな上腕《じょうわん》二頭筋が動いた。まったく彼は惚《ほ》れ惚《ぼ》れするような外野手体型だ。

「嘘と女装は諜報《ちょうほう》の花よん。グリ江だぁい好き。でも坊ちゃんがやろうとしてるのは、熟練諜報員に言わせてもらえば、そのどちらでもなさそうに思えるけど？」

少なくとも女装ではないが、お守り役の言葉に甘えて正当化するつもりもない。

「いや、嘘だと思うよ。下手をしたら生命《いのち》にかかわる悪質な嘘だ」

胸に置こうとしたのを途中《とちゅう》でやめて、自分の額に掌を当てる。こうでもしないとあまりの情けなさに、笑いだしそうだったのだ。

「参ったね、しかも次に続くのは泥棒《どろぼう》ときたよ。諺《ことわざ》とか格言って馬鹿《ばか》にできないもんだな。最低だよなあ、嘘つきの王様なんて」

「まあそう自虐的《じぎやく》にならずに。そういやグリ江、ここんとこ無口で堅物《かたぶつ》なばかりの上官としか仕事してなかったのよ。だからね」

眞魔国の忠実なお庭番は、両手の指をボキボキ鳴らしつつ小シマロン船員達に視線を向けた。楽しげながらも物騒な、獲物《えもの》を震《ふる》え上がらせる顔だ。

「……ちょうど演技派に飢《う》えてたところです」


船長室の扉の下半分は、横波のせいで色が変わっていた。

おれはその湿《しめ》った板を拳《こぶし》で叩《たた》き、返事を待たずに開け放った。行動の早い船員達は、既《すで》に甲《かん》板《ぱん》や船室に続く階段を走り始めている。

「大変だ！　サ……」

「どうしたのユーリ」

振《ふ》り返ったサラレギーは両手に光り物を持ち、ベッドの上に何枚もの服を広げていた。足元に転がった幾《いく》つものスーツケースからは、色とりどりの布がはみ出している。

あまりにも平和な光景に、両膝《りようひざ》から力が抜《ぬ》けかけた。

「な、なにしてんだよ。この緊急《きんきゆう》事態に」

「何って、衣装《いしょう》合わせだよ。聖砂国の君主にお目にかかるのに、潮風にまみれた旅行服では様にならないから。そうだ、ユーリもこの中から選ぶといい。わたしの物でよければ遠慮《えんりょ》なく使って。ほら、ウェラー卿《きょう》、そっちの衣装箱をとって」

広いとは言い難《がた》い部屋の隅《すみ》に、やや呆《あき》れ顔のウェラー卿が立たされていた。淡《あわ》い色の上着を両腕《りょううで》に掛けられていて、人間ハンガー状態だ。情けない。いや、他人の護衛をとやかく言える立場ではないけれど。

「衣装合わせって……あのな、仮装パーティーじゃねーんだから」

窘《たしな》めようとするおれに、サラレギーは言い募《つの》った。

「でもユーリ、相手に自分をどう印象づけるかは大切でしょう。王に必要な威厳《いげん》みたいなものは、わたしのような若輩者《じゃくはいもの》では纏《まと》えないから、せめて衣装だけでも見栄《みえ》を張って相手に呑《の》まれないようにしないと」

「そりゃそうかもしれないけど……」

第一印象は確かに重要だ。帝王《ていおう》学をきっちり身につけたサラレギーに言われると、そんな風にも思えてくる。しかしざっと見たところでは、彼の持参した正装はキラキラヒラヒラした物ばかりだ。ユニフォームとジャージしか似合わないおれが拝借しても、「馬子《まご》にも衣装」どころか「海老《えび》にピアス」になりかねない。

「……おれはいいや。遠慮しとくよ」

「そんなこと言わずに。わたしが選んであげようか？　ああ、でもあなたには矢張りあの黒い服が一番似合うな。黒は不吉《ふきつ》な恐怖《きょうふ》の色だと教えられてきたけれど、ユーリに会って考えが改まったよ。特別な色を、特別な人のために仕立てたからかもしれないけれど」

　うちの高校では、四百人近くが常時着用。

「せっかく横波も治まっていることだし。この分だと一日とかからずに上陸できるよ。もう厄介な海域を抜けたんでしょう？」

　それを報《しら》せに来たんだよね？　と細い顎《あご》を傾《かたむ》けられて、おれはやっと本題に入れた。頭の中で審判《しんぱん》が片手を挙げる。

「それどころじゃないよ、サラ！　服なんかどうでもいいから、早くここから逃《に》げるんだ！」

「逃げる？　なぜ」

　透《す》けるような淡い金の髪《かみ》が、華奢《きゃしゃ》な肩《かた》から零《こぼ》れ落ちた。整えたばかりのピンクの爪《つめ》の先で、薄《うす》い色の眼鏡《めがね》の中央を押し上げる。

「奴隷《どれい》達が何かした？」

　最初からあり得ないと判《わか》っている顔だ。けれどそのコンマ数秒後には、いかにも不安げな表情を作ってみせる。

　今の、ほんの一瞬《いっしゅん》の変化は何だろう。不意に感じた違和《いわ》感に、おれは、眉《まゆ》を顰《ひそ》めかけるのを一生懸命堪《けんめいこら》えた。十七歳という若さながら、たった一人で大国を率い、健気《けなげ》に頑張《がんば》ってきた少年王サラレギー。おれと似た立場にあり、互《たが》いの悩《なや》みを打ち明けられる信頼感《しんらい》からか、心を許せる歳《とし》の近い友人。王になるべくして生まれてきた人間。

そのどれでもない彼を、垣間見《かいまみ》たような気がしたのだ。

「まさか、反乱でも起こしたの⁉」

「……いや、違うよ。神族の人達は関係ない。問題は船だ、船なんだよ。いいかサラ、お、お、お、落ち着いて聞いてくれ！」

そっちが落ち着け、とツッコミが欲しいところだ。すぐ後ろで叫《さけ》んでいるヨザックは、おれの安全に目を光らせてくれているとはいえ、船員を不安に陥《おとしい》れる煽動役《せんどう》だ。一人でどうにかするしかない。ここが踏《ふ》ん張りどころだ。

「船がヤバイんだ、もうすぐ沈《しず》む！　花形操舵手《そうだしゅ》も船長も言ってた。聞こえるだろ？　ギシギシいってる。積荷担当の話では、船底の数ヵ所から早くも浸水《しんすい》してるらしい。やっぱり普通《ふつう》の貨物船じゃ初めての海流に耐《た》えられなかったんだよ」

頬《ほお》にかかる髪を指で掬《すく》いながら、サラレギーは口を噤《つぐ》んで耳をすました。甲板での喧噪《けんそう》に掻《か》き消されて、木の軋《きし》む音など聞こえまい。

「な？　今にも沈みそうだろ⁉　このままだとあと十数分で、中央から真っ二つになる可能性もあるって。おれたちも早いとこ脱出《だっしゅつ》しないと！　船と運命を共にする気なら別だけどなッ。ああほら服なんかどうでもいいから、最低限の貴重品だけ持って」

「でもユーリ、脱出ってどうやって……あっ」

「救命ボートがあるだろっ⁉　まさか定員オーバーだなんてこたぁないよな」

　おれは戸口を抜けて部屋に駆《か》け込み、王様の衣装箱を逆さまにした。艶《つや》やかで美しい布地を床《ゆか》に放《ほう》りだし、代わりに役立ちそうなコートや毛布を詰《つ》める。こうなったら実力行使だ。

「ユーリ、なにをするつもり⁉」

「この気候だ、防寒着が要《い》る。濡《ぬ》れないようにしておかないと。中身を捨てればスーツケースは浮《う》き輪《わ》代わりになるし……急げよサラ、ぼーっと突《つ》っ立ってるな！」

　高貴な育ちの少年は、何をしたらいいのか本当に判らないようだ。庶民《しょみん》の生まれに感謝してしまった。

「わたしはあんな小舟《こぶね》に乗ったことはないよ」

「大丈夫《だいじょうぶ》。おれはバナナボートにも、男二人でスワンボートにも乗ったことあるから」

「坊ちゃんどーしますぅ？　そっちのひ弱そうな王様も一緒《いっしょ》に運ぶー？」

　泡《あわ》を食って駆け込もうとしていた船長の首根っこを掴《つか》まえ、床から持ち上げながらヨザックが訊《き》いてきた。声はすぐ後ろだ。前を向いたままでも、手を伸《の》ばせばすぐに届くくらい近くだ。

「いいよ、こっちは大丈夫だ。それより皆《みな》に船を離《はな》れる準備をさせてくれ。さあサラレギー、沈む船にいつまでもいられない。おれたちは聖砂国に行く、そうだろ？」

「でもユーリ、献上品《けんじょうひん》や……奴隷達はどうするつもり？　あの荷物を積み込む余裕《よゆう》は救命艇《きゅうめいてい》にはないよ？」

「彼等は残していく」

薄い色の眼鏡の下で、硝子《ガラス》に隠《かく》された瞳《ひとみ》が一瞬、暗く翳《かげ》ったような気がした。驚《おどろ》いたのかとも思ったが、顔を上げたサラレギーは薄く微笑《ほほえ》んでいた。練習してきたはずなのに、おれは次の言葉に詰まってしまう。

「……っ、気の毒、だけど、仕方がない。連中は奴隷なんだろう、サラレギー。緊急事態なんだから、この際おれたちの」

唇《くちびる》の端《はし》が引きつる。それを無理やり抑《おさ》えた。

「……奴隷、より、こっちの生命《いのち》が優先だよ。可哀想《かわいそう》だから女性と子供だけでも連れて行ければと思って……一応そう説得してみたんだけど、おれの言葉が通じてるかどうかも判らない。船底から出てこようとしないんだ。どうしようもないよ、この船に残していく。あとは神様に祈《いの》ってあげるくらいしかできない」

「うん」

細い顎を軽く引いて、サラレギーは満足げに二回頷《うなず》いた。

「うん。そうだよユーリ、彼等は奴隷だ。そう生まれついたんだ。あなたが気に病《や》むことはない。生まれというのはそういうものだよ」

「私には関わりのない話ですが、サラレギー陛下」

これまで黙《だま》っていたウェラー卿が、咳払《せきばら》いと共に会話を切った。両腕に掛《か》けられたきらびやかな衣装を振り落とす。焦《あせ》っても驚いてもいない顔だ。

「そちらの方の仰《おつしや》るようになさるおつもりなら、早めにこの部屋を出たほうが良さそうです」

「ほら、お付きの人もそう言ってる。おれはもう一度操舵室《そうだしつ》に戻《もど》って、舵取《かじと》り連中を引き上げさせる！」

あとはウェラー卿が安全に移動させてくれるだろう。護衛の助言は聴《き》いておいたほうがいい。船長と一緒の舟《ふね》に乗ってくれ。彼だって守るべき対象が深海に沈んでしまっては困るはずだ。言い捨てると慌《あわ》てて踵《きびす》を返し、大急ぎで甲板《かんぱん》へと駆け戻る。嫌悪《けんお》感でとてもその場に留《とど》まってはいられなかったのだ。

色とりどりの美しい布が広げられたあの部屋に、おれの発した汚《きたな》い言葉がこもっているような気がした。お前は自分の口でそう言ったんだぞと、突きつけられているようで、サラレギーと一緒にはいられなかった。

「いやーん、不潔だわー！　所詮《しょせん》オトコなんてみんな嘘《うそ》つきなのよー」

「気持ちの悪い声で言わないでくれよっ！　けど問題は、既《すで》に事情を知っちゃった船員達だな。交換《こうかん》条件にだせる案も、口封《くちふう》じに渡《わた》す金もない。どうやって黙っててもらおうか」

「なーに簡単なことです。いざとなりゃあ上下の唇を縫《ぬ》い止めちまえばいいんですよ」

「うわっ痛た！　ブラックな冗談《じょうだん》やめてくれ、想像しちゃったじゃないか」

すぐに脇《わき》に来たヨザックを小声で窘《たしな》めながら、おれたちは大奮闘《だいふんとう》中の操舵室へと急いだ。現在はデッキの角度も安定していて走りやすい。海底から突き上げる衝撃《しょうげき》よりも、慌てた人々が走り回る震動《しんどう》のほうが強いくらいだ。しかしかなり治まっているとはいえ、強い波の中で位置を保つのは難しいだろう。相当の腕《うで》と知識が必要だ。とにかく一刻も早く現状を教えてやって、次のステップに進まないと。本当に沈没《ちんぼつ》してからでは遅《おそ》いのだ。

おれの立てた作戦はこうだ。

この貨物船は沈むとサラレギーに信じ込ませ、小シマロン船員達を全《すべ》てボートに移す。定員オーバーと意思疎通《そつう》不能を理由に、神族の皆さんは貨物船に残す。サラとおれたちは凪《な》いだ海を小舟で聖砂国に向かい、神族の皆さんは貨物船でここから離れ、シマロン以外の国に保護を求める。

「……正直言って、どこのどいつが引っ掛かるんだよってな浅はかな作戦だけど」

「まあオレだったら騙《だま》されませんね」

「ああ、やっぱりー」

「でもあの若い王様相手なら、結構上手《うま》くいくんじゃないですか」

「サラが？　何で⁉　あんたよりサラのほうが素直《すなお》だから？」

「あらやだ失礼ね、坊《ぼっ》ちゃんたら。グリ江は巫女《みこ》さんみたいに素直で純粋《じゅんすい》よ。でもね」

貴婦人ぶって人差し指を唇に当て、ヨザックは斜《なな》め上を見上げた。

「グリ江は坊ちゃんが結構お利口さんだって知ってるけど、あの坊《ぼう》やはそうじゃないでしょ。あの子は坊ちゃんのことを、ちょっとおばかちんだと思ってる。嘘なんかつけやしないと、初めから舐《な》めてかかってますからね」

あいつは足が遅いから、絶対に盗塁《とうるい》はないと決めつけられてるってことか。

「へえ、おれだって偶《たま》には走るんだけどね」

操舵室の扉《とびら》は蝶番《ちょうつがい》が壊《こわ》れかけ、不自然な方向に歪《ゆが》んでいた。手を掛けてすっと息を吸い込む。潮の匂《にお》いがした。

「この船の乗員は皆、救命艇で脱出することになった！　そこで舵取り班の君達にもお願いがあーるっ！　さっきこの部屋で話してた事実は内緒《ないしょ》にしといて……あれ？」

小シマロン人三人と神族二人、合計五人いたはずの室内には、三人分の影《かげ》しかなかった。残る二人はどうしたのかと見回すと、簀巻《すま》きにされて床に転がっている。小シマロン船員の中では最も年長だった花形操舵手が、若手の身体《からだ》に片足を載《の》せて縛《しば》り上げているところだった。ご丁寧《ていねい》に猿轡《さるぐつわ》まで噛《か》ませてある。何の布を使用したのかは、追及《ついきゅう》しないでおくのが武士の情けだろう。

「……っあれ、えーと、どういうプレイ？」

本当に内乱でも勃発《ぼっぱつ》したのだろうか。それにしては小規模すぎる。

「あ、陛下。失礼しま、したっ、お見苦しい、ところを」

「いえこちらこそ、お取り込み中だったようで……一体なにをお取り込み中なんだ」

他国の人に尊称《そんしょう》で呼ばれて、こちらが畏《かしこ》まってしまった。そっちの陛下はサラレギーだろうと、思わず訂正《ていせい》したくなる。

「おれはあんたたちに口を噤《つぐ》んでてくれるよう頼《たの》みに来たんだけど、どうやらこっちで別の事件が起こってたみたいだな」

「へい。あ、いえ、はいそのとおりでありまして……実はですね眞魔国の陛下、我々は心を決めましたのです。海の男の命であるこの船と、運命を共にいたします。これは全員の望みでありまして」

「もがー！」

花形操舵手《そうだしゅ》は、すっかり巻かれた若者を蹴《け》って黙らせた。痩《や》せた少女と舵《かじ》を握《にぎ》ったままの男は、口を開けたまま呆気《あっけ》にとられている。

「この貨物船は……あちらもこちらも老朽化《ろうきゅうか》し、今となっては旧式かもしれませんが、前小シマロン王ギルバルト陛下が私どもにお預けくださった大切な船です。サラレギー陛下には汚《きたな》く見窄《みすぼ》らしいボロ船にしかお見えにならなくても、こいつは立派な国家の財産なのです。それをギルバルト陛下と民《たみ》の許しもなく、簡単に手放すわけには参りません。ですから我々三匹《びき》の舵取りは、愛する船からの脱出《だっしゅつ》を固辞します。サラレギー陛下にもそうお伝えください」

「もっ、もガー」

「そう、たとえ海の藻屑《もくず》と成り果てようとも我等はこの船を離れまいと、この若造も申しておるのでありまして。いやまったく、下っ端《ぱ》ながらも海の男、天晴《あっぱ》れでございますな、うはは、うはうひゃ」

無理やりテンションを上げているのか、静まり返った室内に空虚《くうきょ》な笑い声が響《ひび》いた。

沈《しず》みゆく船と運命を共にするのは、普通《ふつう》なら船長の見せ場だろう。その点を突《つ》っ込んでいいものかどうか、おれは迷っていた。

「えーと、待ってくれ花形くん。きみはこの貨物船が壊れてないって知ってるはずだよな」

「薄々勘付《うすうすかん》いております」

「だったら、泣かせる名艦長役《めいかんちょうやく》は必要ないって判《わか》ってるよな」

「はあ。ですから、今すぐ死ぬなどとはまったくもって考えておりません。ただサラレギー陛下には、そのようにご説明申し上げていただきたいと……だって陛下」

男は困ったように眉《まゆ》を下げた。舵輪を握る神族をちらりと見てから、決まりが悪そうに視線を逸《そ》らす。

「彼等や、船底にいる連中は、放《ほう》っておいたら同じことを繰《く》り返すのではなかろうかと心配なのです。この悪夢の海域を抜《ぬ》ける技《わざ》に関しては長《た》けていても、そこから先の旅はどうなりますか。まともな航海士も詳細《しょうさい》な海図もなしでは、前回同様、またシマロンに着いてしまうかもしれません」

余った口ープを指先でもじもじと弄《いじ》り、心なしか耳まで赤くしている。海の男は純情だ。

「私は……その――……この天才的な舵取りを、奴隷《どれい》なんて身分のままで聖砂国に戻してしまうのが惜《お》しいのです。ええそうですとも、悔《くや》しいのです」

「悔しい？　何が」

花形操舵手は焦って部下を踏《ふ》みつけた。髭《ひげ》の隙間《すきま》まで真っ赤に染まっている。

「腕です。船を操《あやつ》り波を蹴散《けち》らす素晴《すば》らしい腕が妬《ねた》ましいのです！　いち操舵手としてどうにか学びたい、あの荒波《あらなみ》を避《さ》け、絶対不可能な難所を克服《こくふく》する技を、死ぬまでにどうにかして身につけたいのですっ！」

「でも、彼等は奴隷なんだろ」

意地の悪いことを言っていると、自分でも判ってはいた。でも自然に緩《ゆる》んでしまう頰《ほお》を抑《おさ》えられずに、おれは腕を腰《こし》に当てたまま続けた。

「あんたが言ったんだよな。自分達よりもずっと劣《おと》る生き物だって。そんな相手から学ぶものなんかあるわけ？」

「流石《さすが》だ、坊ちゃん。痛いとこ突いてくるー ぅ」

酷《ひど》い言葉をぶつけている。でも理由もなく胸は温かい。笑いだしそうなヨザックの口調にも、皮肉っぽさは感じない。

小シマロンの船乗りは、すっかり俯《うつむ》いてしまった。そこに重要な答えでも書いてあるかのように、ただ自分の爪先《つまさき》だけを見詰《みつ》めていた。焦《じ》れたおれたちは返事を待たず、次の行動を起こそうと部屋を突っ切った。その時になってやっと彼は、聞こえるか聞こえないかという声で言った。

「……てたんで」

「はい？」

「……様々な技術や才能を持った人間だとは、考えたこともなかったんです。この人達が同じ人間だなんて、生まれてこの方、思ったこともなかったんで。知らなかったので、知ろうともしなかったのでありまして」

「花形くん」

ああ、おれは今、猛烈《もうれつ》に感動している。だがそれを態度には表さず、必死で冷静さを装《よそお》って、いい歳《とし》をしたベテラン船員の肩《かた》を叩《たた》いてやった。海の男の背中が小さく感じる。

「知ってしまったらもう、この人達を奴隷とか呼べないのでありまして……」

「ははぁん」

窓際《まどぎわ》にあった紙の束を手荒《てあら》に捲《めく》りながら、ヨザックがしたり顔で頷《うなず》いた。

「惚《ほ》れたね？」

ええーっ⁉　言葉の解《わか》らない神族の二人までが同時に突っ込む。それはない、それは多分ない。あったとしても触れずにいてあげたい。

「この際、惚れた腫《は》れたは当事者の二人にお任せするとして、オレたちゃさっさとおサラバしないとね。ほら緊急《きんきゅう》船長代理、外海の海図を見つけたぜ。アンタはこいつをしっかり読んで、難民連中を然《しか》るべき所に送り届けるんだ。んーで聖砂国上陸にはこっちが必要ね」

「いいな花形くん、少なくとも小シマロンじゃない国だぞ……ああそうだ、役に立つかどうかは判らないけど」

おれは抜き出された用紙を奪《うば》い取って、黄ばんだ裏面に大急ぎでペンを走らせた。塩水で滲《にじ》んで上手《うま》く書けない。

「うちに向かえれば一番なんだけどさ……食糧《しょくりょう》や水が足りないかもしれないし。くそ、書きにくいな。まあいいか、どうせ丁寧に書いても汚《きたな》い字なんだし。カヴァルケードかヒルドヤードかカロリアか、ええとそうだな……眞魔国の周辺諸国も融通《ゆうずう》が利《き》くかもしれない。とにかくシマロンに制圧されてない国に行くんだ。上陸は無理でも、補給は絶対させてくれるから。そうお願いしとくからな……ほらこれ、格好悪いけどおれのサイン入ってるからさ」

海図の裏に乱暴に記した文章は、まるで電話の横のメモみたいだった。辿々《たどたど》しいし、文法も怪《あや》しい。単語の羅列《られつ》状態だ。それでも何とか内容は解るし、下手すぎて誰《だれ》も真似《まね》のできないおれの署名があれば、魔族《まぞく》は勿論《もちろん》のこと、ヒスクライフさんやフリンも彼等に手を差し伸《の》べてくれるだろう。

おれの脳味噌《のうみそ》は小さくて、記憶《きおく》容量も少ないんだから、こちらの世界の文字を覚えるのはとても無理だと思っていた。取り敢《あ》えず会話には困らないし、読み書きなどできなくてもいいと何度も筆を投げだした。だけど今は違《ちが》う。根気よく教えてくれたギュンターに感謝している。

湿《しめ》った親書を受け取った花形操舵手は、おれの顔をまじまじと見た。

「魔族は……いえ、陛下のお国は、いつの間に諸国を服従させられましたので」

「服従？　誰もおれに服従なんかしてるわけないじゃん。あのねおれは王様ったって、なりたてホヤホヤの新前《しんまい》なんだぜ？　そんなルーキーに誰が服従だよ。ああ今そんなのバラさなくてもよかったんだ。おれのこたぁどうでもいいからさ」

ロープの先を摘《つま》んでいた操舵手の利き手を強引《ごういん》に摑《つか》む。

「しっかりやり遂《と》げてくれよ。あんたを難民移送船の緊急船長に任命したい」

握手《あくしゅ》をしようとして、相手の本名を知らないことに気付いた。

そういえばサラの旗艦《きかん》は金鮭号と呼ばれていた。ほんの数分しか乗っていない艦の名を覚えているのに、長く旅をしたこの乗り物の名前を知らなかったなんて。

「おれってバカだなあ、船とあんたの名前を聞いてなかった」

小シマロンの男は唇《くちびる》の端《はし》を髭ごと震《ふる》わせると、緩く首を振《ふ》ってから、おれの右手を強く握《にぎ》り返してきた。

「この船の名は『木彫《きぼ》りの熊と鮭』号です、陛下。私の名などどうでもいい」

「なんだよ、畜生《ちくしょう》、格好いいぞ花形船長！　あんたの功績を讃《たた》えて、うちの玄関《げんかん》に木彫りの熊を飾《かざ》ると約束するよ」

実はもう十年前からある。うちだけじゃない、従兄弟《いとこ》の家にも村田のマンションのリビングにもあった。この船はずっと昔から、日本中の人々に愛されている。

「さあ坊《ぼっ》ちゃん、新船長が決まったところで、そろそろズラかってもよござんしょうかね」

「判ってる」

　小シマロン人の手を離《はな》し、おれは神族の二人にも右手を差し出した。男のほうは肉が落ち骨の浮《う》いた両腕《りょううで》で、まだ舵輪をしっかり摑んでいる。握手に応じる余裕《よゆう》はなさそうだ。だがすぐに、それが習慣なのだと気付いた。金色の瞳《ひとみ》を涙《なみだ》で潤《うる》ませた少女も、おれの掌《てのひら》を握り返そうとはしなかったからだ。聖砂国とは感情の表現方法が異なるのだろう。

「しっかりやるんだよ、頑張《がんば》るんだ。あまり力になれなくてすまない。一緒《いっしょ》に行けなくてごめん、本当に」

　正しい別れの挨拶《あいさつ》があるのなら教えて欲しかったが、それを説明するのは難しかった。

「おれにはこれ以上なにも出来ないけど、きみたちにはきみたちの神様がきっとついてる。どんな神様かは知らないけど、きっと見守ってくれ……え？」

　少女はいきなりおれの手首を摑み、厨房《ちゅうぼう》服の袖《そで》を捲り上げた。枯《か》れ枝みたいな人差し指を、力をこめておれに押しつける。

「いてて、痛いって」

　彼女はおれの前膊《ぜんぱく》の内側に爪《つめ》を立てた。すぐに血が寄って赤くなる。手を戻《もど》そうとするが、どこにそんな力が眠《ねむ》っていたのか、しっかりと摑んだまま放してくれない。サラレギーのように時間をかけて美しく整えられたものとは違い、磨《す》り減って丸くなった短い爪を使って、少女は一心に線を繋《つな》げていった。俯いたままの顎《あご》と細い肩が上下に動く。

長い引っ掻《か》き傷は曲線を描《えが》き、やがて五センチ四方の模様になった。六角形の中に対角線を結んでできた星がある。ダイヤモンドを簡単にしたようなマークだ。

「……ベネラ」

少女は長い睫毛《まつげ》の下で、金色の瞳を輝《かがや》かせながらもう一度言った。微笑《ほほえ》んでいる。出会ってから初めて見る、明るい希望に満ちた笑顔《えがお》だ。

「ベネラ、に」

「教えてくれ、ベネラって何だ⁉　誰なんだ⁉」

「陛下！　そいつは解読に何年かかりそうですか」

もうこれ以上待てないと、お庭番が急《せ》かした。ヨザックは正しい。おれは両肩を摑んで揺《ゆ》さぶりたいのを堪《こら》えた。しかし衝動《しょうどう》の全部は抑《おさ》えきれずに、少女の折れそうな身体《からだ》をぎゅっと抱《だ》き締《し》めた。

「待っててくれ。次は必ず、おれの国で会おう」

言葉の通じるはずはないのに、腕《うで》の中で少女が頷いたような気がした。波がそうさせたのかもしれない。

四隻《せき》の救命艇《きゆうめいてい》に分かれて乗り込み、おれたちは木彫りの熊と鮭号を後にした。遠ざかる貨物船の舳先《へさき》では、花形船長が、ゆっくりと大きく黄色いハンカチを振っている。幸福《しあわせ》そうだ。

事情を知らない乗組員達は、舵取《かじと》り三人組の勇気ある決断を聞いてある者は涙ぐみ、ある者はカッコつけやがってと舌打ちした。総責任者の船長は落ち込んだ様子だったが、船主であるはずのサラレギーは、そんなものに興味はないらしく、貨物船を顧《かえり》みもしなかった。心は既《すで》に聖砂国に向かっているらしい。前向きだ！

波の穏《おだ》やかな海域に差し掛《か》かり、海は明らかに色を変えていたが、先程《さきほど》見た時ともまた違い、暮れる陽《ひ》に照らされて朱に染まっていた。

直《じき》に夜になる。上陸できないまま、木の葉の如《ごと》く頼《たよ》りない小舟《こぶね》の上で、異国の夜を迎《むか》えることになる。

心細いと嘆《なげ》くには、ボートの上に人が密集していすぎた。百人以上の乗員が、たった四隻の救命艇に詰《つ》め込まれているのだ。おれもヨザックもサラレギーもウェラー卿《きよう》も、同じ舟に乗らざるを得なかった。他《ほか》よりは少し頑丈《がんじよう》そうな、船長が率いる一号艇《てい》だ。

怪しいコックさん風の身形《みなり》でも、一応は王様扱《あつか》いだ。若い荷役ばかりの舟には、とてもじゃないが放《ほう》り込めないからと、船長が席を空けて待っていたのだ。おれにとっては寧《むし》ろ体育会系連中に囲まれて、体力自慢《じまん》でもしていたほうが気が楽だったのに。

　三歩と離れていない場所に、腕組みをしたままのウェラー卿も座っている。当然だ、彼はサラレギーの護衛なのだから。

　ヨザックはあまりいい顔をしなかった。大きさの違う残りのボートを振り返り、彼らしくなく眉間《みけん》に皺《しわ》を寄せた。

「荒《あら》くれ男二十人と乗り合わせるほうがましです」

「平気だって。そんなに神経質にならなくても」

「でもねえ、坊ちゃん」

「……おれももう、無条件に信用したりしない」

　おれは服の上から左腕を撫《な》でた。前膊の内側が僅《わず》かに熱い。逆に利《き》き手にある薄紅《うすべに》色の指輪は、氷で作られたみたいに冷たかった。小指でもサイズが合わないのか、意識すると鈍《にぶ》い痛みが甦《よみがえ》る。ほとんど反射的に体が震えた。

「寒いですか？」

「大丈夫《だいじょうぶ》」

　借り物の防寒具の前を掻き合わせた。完全に日が暮れてしまえば、恐《おそ》らくもっと寒くなるだろう。この程度で音を上げてはいられない。せめて最後の夕陽でも眺《なが》めて、温まった気になろうと顔を上げる。

ふと目が合った瞬間《しゅんかん》に、ウェラー卿は小声で呟《つぶや》いた。最初は独り言かとも思ったが、聞き取れた部分を繋ぎ合わせて全文が出来上がると、おれに向けられた台詞《せりふ》だとすぐに判《わか》った。彼はこう言ったのだ。

「お上手でした。あなたもなかなかの役者ですね」

彼は気付いている。

彼はこの芝居《しばい》に気付いている、いつサラレギーに注進されるか判らない。用心しなければならないだろう。

ウェラー卿コンラートは、敵だ。

3

海の描写《びょうしゃ》にはもう飽《あ》き飽《あ》きした！

詩人でもない限り、空と波と船に関わる修辞句など次々と浮かぶわけがない。フォンクライスト卿に教えられた船酔《ふなよ》い防止策を、ヴォルフラムは嫌々《いやいや》ながら実行していた。

「二百二十一……麗《うるわ》しの、海、うぷ。くそっ、ギュンターめ。全然効果がないぞ！　二百二十二……母なる、海。帰ったら覚えていろギュンターめっ。毎晩枕元《まくらもと》におキクを置いてやる」

罵《ののし》りの言葉も忘れてはいない。

「父から曾祖《そうそ》父《ふ》までで百は稼《かせ》げるだろう。では四百二十三……大叔《おおお》父《じ》なる、う……うぷ」

「急に親戚《しんせき》が増えていませんか？」

「そういうこともある。もう海への賛辞など飽き飽きだ！　こんな無《む》駄《だ》なことをしたって、気分爽快《そうかい》な船旅など送れるものか。大体ぼくは海軍志望ではないのだから、船酔いするのは当たり前だ」

「お気の毒に、閣下。身体と精神は成長されても、お耳の蝸牛《かたつむり》はお育ちにならなかったのね」

フォンクライスト卿ギーゼラは、義父への悪態に腹も立てずに、年下の指揮官を労《ねぎら》った。

「何だそのっ、うーぷ、お耳の蝸牛《かたつむり》とは」

「あら、ご存じありませんでしたか？　人は誰《だれ》も両のお耳に、小さな蝸牛を飼っているのです。船や車に酔《よ》ったり馬上で目を回したりするのは、その蝸牛が機嫌《きげん》を損《そこ》ねて暴れているからです。もっと酷《ひど》い事態になると、耳腔《じこう》の壁《かべ》を食い破り、脳味噌《のうみそ》に食い付くこともあります。そうなると吐《は》き気や眩暈《めまい》どころでは済みません。耳から脳味噌《のうみそ》垂れ流しです」

ヴォルフラムの顔色が目に見えて変わった。思わず両手で頭を押さえる。

「き、気味の悪い話をするな。それはあれだろう、いわゆる田舎《いなか》伝説とかいうやつだろう」

ギーゼラは気の毒そうに首を振《ふ》った。

「いいえ。現在も閣下《かっか》の両耳の中では、極々《ごくごく》小さな蝸牛が暴れ回っているのですよ」

「するとぼくはこの先どうなるんだ!?」

衛生兵としての訓練課程を修了していないヴォルフラムは、軍曹殿《ぐんそうどの》のお得意の「本当じゃなかった医学怖《こわ》い話」を知らない。久々に得られた純粋《じゅんすい》な反応に、ギーゼラは微笑《ほほえ》んだ。

「そんなに悲壮《ひそう》な顔をされなくても大丈夫、機嫌をとればいいだけの話です。一時でも旅の緊《きん》張《ちょう》を忘れて、肩《かた》から力が抜《ぬ》ければ、蝸牛も落ち着くでしょう。どうですか、あちらの群れ……いいえ、人々に混ざって、束《つか》の間でも憂《う》さを晴らしてきては」

一段低い甲板《かんぱん》では、非番の兵士達が、カロリアから送り込まれた援軍《えんぐん》と親交を深めていた。そう表現すれば格好はいいが、実際には船室の扉《とびら》を開け放ち、屋根のあるなしにかかわらず酒盛《く》りを繰り広げているという状態だ。既に宴《えん》も闌《たけなわ》を過ぎているらしく、周囲は酔っぱらいの山だ。酒瓶《さかびん》を抱《かか》えて板の上に転がる者や、真水を保存する樽《たる》の前で胡座《あぐら》をかき懇々《こんこん》と説教をする者もいる。

平和な光景を見下ろして、ヴォルフラムは眉間に兄そっくりの皺を寄せた。

「飲んだくれどもめ」

「流石《さすが》におっさんたちの中には入りづらいですか」

「歳《とし》は関係ないが。見ろ、カロリアから送られてきた連中は人間だぞ？　なのに我が艦《かん》の兵士達ときたら、あんなにみっともなく馴《な》れ合って。けしからん、まったく見苦しい。魔族《まぞく》としての自覚が足りない」

確かに、甲板に累々《るいるい》と転がる男達は、魔族も人間もない様子だった。こうして混ざり合ってしまうと、服装でしか判断できなかった。主に制服組が魔族だが、中には私服の者もいる。

「……あのすっかり出来上がってるのはアーダルベルトか？」

「そのようですね。まあ、泣きながら帆柱《ほばしら》に抱《だ》きついてる。誰の名前を呼んでいるのか、想像するのも不愉快《ふゆかい》だわ。そういえば昔からグランツの若大将は、酒癖《さけぐせ》が悪いので有名でした」

「悪いのか!?」

「ええ。しかもあまり強くもないのに、ことあるごとに聞こし召《め》して」

悪酔《わるよ》いする筋肉男を想像して、ヴォルフラムはまた気分を悪くした。巨木《きょぼく》を引っこ抜き頭上で振り回して、家々を破壊《はかい》したりするのだろうか。それとも家畜《かちく》小屋に押し入り、馬や牛を尻尾《しっぽ》から……恐ろしい。ますます顔色が悪くなる。

ギーゼラはギーゼラで、アーダルベルトの酒癖を気にするヴォルフラムを横目で見ながら、巷《ちまた》に広まっているフォンビーレフェルト卿に関する噂《うわさ》を思い出していた。可愛《かわい》い顔してとんでもない酒豪《しゅごう》で酒乱というのは本当だろうか。真偽《しんぎ》のほどを確かめたい。飲むとすぐに裸《はだか》になり、脱《ぬ》いだ下着を頭に被《かぶ》って踊《おど》り狂《くる》う彼女の義父と、どちらが愉快な酔い方をするのだろうか。知りたい。是非《ぜひ》とも知りたい。

「閣下はお飲みにならないのですか？　ダカスコスに寝酒《ねざけ》でも運ばせましょうか」

「いらない。ユーリがどんな目に遭《あ》っているか判《わか》らないのに、独りだけ楽しむ気にはとてもなれない」

「陛下にお聞かせしたいわ」

「いや」

ヴォルフラムはこめかみに指先を当て、夜の海に向かって溜息《ためいき》をついた。

「あいつが知る必要のないことだ」

累々と転がる酔っぱらいの身体《からだ》を幾《いく》つもまたぎながら、ダカスコスは洋燈《ランプ》を片手に甲板を横切っていた。

「ああ、いたいた。閣下ーぁ」

目当ての男は転がる酒瓶の隙間《すきま》に座り込み、太い帆柱に両手両脚《りょうあし》を絡《から》ませて抱きついている。見た目ほど酒には強くないようだ。

「何やってんスか、アーダルベルト閣下。そいつはかみさんでも酒樽《さかだる》でもないですよ」

「オーレをー、かっかなんぞと呼ぶ奴《やつ》はー、こーしてくれるー！」

残念ながら帆柱は、熱烈《ねつれつ》な接吻攻撃《せっぷんこうげき》には応《こた》えてくれなかった。

「だったら何てお呼びすりゃあいいんスか。筋肉バカとか割れ顎《あご》大将なんて、面と向かって言えませんよ」

「なんだと？」

飲み過ぎで血走った目がぎろりとこちらを向いた。帆柱以外の存在に気付いたらしい。迫力《はくりょく》に気圧《けお》され、ダカスコスは数歩後退《あとずさ》った。

「顎が割れているほうが女にはモテるんだ。この割れ顎が赤ちゃんのお尻《しり》みたいで可愛いと受けがいいんだ。年下の女《ひと》からは顎割《アゴワ》レの男と慕《した》われてんだよ、この野郎《やろう》め。だが顎関係で呼ばれるのはご免《めん》だぜ」

「じゃ、じゃあアーダルベルト、サマ」

「誰がクマだ、この野郎！」

「あひぃー」

酔いどれにしてはいいキックを決められて、リリット・ラッチー・ナナタン・ミコタン・ダカスコスは吹《ふ》っ飛んだ。頼《たの》まれごとを片付けてきてやったのに、あまりに酷い仕打ちだ。

「りょ、了解《りょうかい》しました、グランツの旦那《だんな》。顎のことにもクマのことにももう触《ふ》れません！　言われたことを済ませてきましたので、取り急ぎそのご報告をと思っただけなんで」

「おう、そうだったな。忙《いそが》しいところ使いだてして悪かった」

アーダルベルトは人が変わったみたいに上機嫌《じょうきげん》になった。抱き締《し》めていた帆柱から両腕《りょううで》を離《はな》し、どんな様子だったか訊《き》いてくる。酒宴《しゅえん》の真っ最中にたまたま出くわしたダカスコスは、例の「荷物」に食事を運ぶよう頼まれたのだ。

船室に軟禁《なんきん》されたナイジェル・ワイズ・マキシーンは、やっと解放された四肢《しし》を伸《の》ばすだけ伸ばして爆睡《ばくすい》していた。

「閣下《かっか》、いえ旦那の寝台《しんだい》を占領《せんりょう》して、高鼾《たかいびき》で眠《ねむ》ってました。陛下用語でダイノジってやつですね。声を掛《か》けても起きる気配がないので、枕元《まくらもと》に盆《ぼん》ごと置いてきましたが……結構長く牢《ろう》に繋《つな》がれてたんでしょ？　なのに水分も栄養もとらなくて平気なんスかね」

「なぁに、緊張の糸が切れたんだろうよ。放《ほう》っておいても大丈夫《だいじょうぶ》だ、昔っからそうだが、あいつは絶対に死なねえからな。塔《とう》から落とされようが爆発《ばくはつ》に巻き込まれようが絶対に死なねえ。

まったく、人間にしておくのが惜《お》しいくらいのしぶとさだぜ」

「友達さんですか？」

剣胼胝《けんだこ》のある掌《てのひら》に鍵《かぎ》を渡《わた》しながら、ダカスコスは深い意味もなく訊いた。

「オレと奴がか？　そんな訳ぁねえだろう。魔族と人間だ」

「でも、昔からって」

「単なる腐れ縁《くされえん》さ。奴は国外での任務が多かったから、何年か一緒《いっしょ》に旅をしてたことがあるってだけだ。あいつの行く先々には馬鹿馬鹿《ばかばか》しいことが次々と起こるからな」

「だけど友達でも仲間でも主従関係でもなくて、一緒に旅をするもんでしょか」

アーダルベルトは肩を竦《すく》め、分厚い筋肉を動かした。

「してるだろ。オレとお前等だって、今じゃ何の関係もない。しかもああ見えて奴は結構面白《おもしろ》いところがあるんだ。二十年以上前にな、まあまだ戦時中だ。奴の命を最初に救ってやったのが案の定というか、このオレなんだが……」

まずい、酔《よ》っぱらいの昔話が始まってしまった。

頑丈《がんじょう》な帆柱に背中を預け、両脚を投げだしたまま夜空を見上げる。ほらご覧《らん》、あれがきみとぼく二人の星だよ、ぴったり寄り添《そ》って離れないだろう？　なんて語り始めるよりはましかと諦《あきら》め、ダカスコスはアーダルベルトに手近な酒瓶を渡した。半分くらい残っている。

「……待てよ、考えてみるとナイジェル・ワイズ・絶対死なない・マキシーンを作り上げちまったのはオレか？　年齢《ねんれい》的にあれが奴の初陣《ういじん》だろうな。血気盛んな素人《しろうと》兵が一番死ぬ確率の高いのは初陣だろうしな……まあいいか。とにかくだ、数ばっかのシマロン軍を散々蹴散《けち》らしたんだが、そん中にマキシーンがいたんだよ。確か血は出てたが、かすり傷程度で五体満足だ、その段階で既《すで》に運がいいな。考えてもみろ、まだ十四、五歳だぜ？　剣なんか持ってたって戦力にもなりゃしねえ」

「それを、一対一の勝負で見逃《みのが》してやったんスか？」

「違《ちが》う違う」

いかにも愉快そうに目を細めて、アーダルベルトは顔の前で手を振《ふ》った。

「敗残兵の行軍中にな、ガキみてーな面《つら》してやがるのに、やけに髭《ひげ》の濃《こ》い若造がいたんだ。その髭がまた、あまりに奇妙《きみょう》だったんでちょっと引っ張り出してみたわけだ。それがマキシーンだった。まるで絵に描《か》いたみたいな刈《か》り込み髭だと思ったら、あいつ本当に、茶色の顔料で描いてやがった！　頬《ほお》に髭をだぜ⁉　十四の小僧《こぞう》が、髭モサモサだぞ、おい？　理由を訊《き》いたら、強そうだから、だとよ。しかも髪型《かみがた》も変ちくりんときたもんだ。ここのところを、こう」

アーダルベルトはわざわざ酒瓶《さかびん》を置き、耳の上の部分を両手で撫《な》で回してみせた。

「刈り上げてるんだ。そのくせ残りの毛は伸ばして馬の尾《お》みてーに縛《しば》ってやがる。理由がこれまた、強そうだから。髭はモサモサに描いてて横髪は刈り上げだ。いやー実に変だった。田舎者丸だしだったなあれは！　モサモサと刈り上げ。下半身はどっちだったのか、是非とも確かめておくんだったぜ」

金色の髪を振り乱《みだ》し声をあげて笑った。下品な冗談《じょうだん》と笑い声に、ダカスコスはがっくりと頭《こうべ》を垂れる。ああ、庶民《しょみん》の憧《あこが》れ十貴族の武人像が、目の前で音を立てて崩《くず》れてゆく。壊《こわ》れた貴族はフォンクライスト卿《きょう》ギュンター閣下だけではなかったのだ。

「……そんな笑劇《しょうげき》的な出会いが……」

「まあな。とにかく部隊中で笑わせてもらったから、その面白さに免じて列の中からちょろっと逃《に》がしてやったんだが……待てよ、よく考えてみりゃ我が国の捕虜《ほりょ》収容所は快適過ぎで、向こうの大陸から渡ってきた連中なんぞ、自分達がシマロンで隔離《かくり》されてた場所に比べたら、うちの捕虜は天国だなんて嫌味《いやみ》を言ってたくらいだから……新兵が一人きりで国まで逃げ延《の》びるよりも、捕虜になっといたほうが楽だったかもしれねぇな」

「運がいいんだか悪いんだかよく判らないっスね」

「そこが奴の面白いとこだ。けどもっと驚《おどろ》いたのは、次に小シマロン地方の兵と相対した時さ。兵士全員があの日のマキシーンと同じ髭と髪型になってたんだ。老《お》いも若きも皆《みな》一同にだぞ？　真似《まね》たんだろうなあ！　激戦地から一人生きて還《かえ》った男だってんで、縁起《えんぎ》がいいと思われたんだろうな。実際はお情けで逃がしてもらえただけで、その理由は髭が笑えるからだなんて裏事情は、黙《だま》ってりゃ分かりゃしねーからな。故郷じゃ軍神とか英雄《えいゆう》とでも崇《あが》められたんだろうよ。いやー、あんときゃ笑っちまって戦闘《せんとう》にならなかった」

「へ、へぇー。あの全軍統一側頭部刈り上げには、そんなトホホな事実がー……トホホー」

この世で最も簡素ながら、この世で最も美しい頭部を撫で上げて、ダカスコスは長い溜息を吐《つ》いた。

「そういうわけで、あの男の絶対死なない伝説には、オレも一枚噛《か》んじまってるってわけだ。まあもっとも、ガキの頃《ころ》に会ってるなんてのは、ナイジェル自身は覚えちゃいねえだろうけどなあ」

ダカスコスはアーダルベルトが置いた瓶を掴《つか》み、一気に酒を流し込んだ。医者と女房《にょうぼう》に禁じられていたので久々だ。

「……好きなんスね」

「ああ？　好き？　何のことだ」

「人間を、です」

海の男の好む強い酒は、喉《のど》が焼けるようだった。

「閣下は、人間が好きなんですね。一般《いっぱん》兵や自分等みたいな非戦闘員には、偉《えら》い人達のほんとの事情なんぞ教えてもらえませんから。漏《も》れてきたり伝わってきたりする噂《うわさ》とかから、勝手に想像するしかないもんですから。あのそのっ、いわゆる名門貴族の跡《あと》取りでらっしゃる閣下が……アーダルベルトの旦那が、一体何で急に我々の国を捨てて、人間達の方に行っちまったのか、みんなあれこれ言い合ったもんです。眞魔国の情報に莫大《ばくだい》な金を積まれたとか人間の女に惚《ほ》れたんだとか、ありがちな予想しかできませんでしたが……」

甲板《かんぱん》に座り込んだダカスコスは、恋煩《こいわずら》い中の女の子みたいに、立てた両膝《りょうひざ》の間に頭を挟《はさ》んだ。後頭部と首が赤く染まる。早くも酔い始めたようだ。

「好きになっちまったんですね。人間のことが」

「はあ⁉　なんだと？　違うぞオレは」

見当違《けんとうちが》いの理由をつけられて、アーダルベルトは両手をばたつかせた。

「気にいったら、戦争するのが嫌《いや》になっちゃったんスよね、きっと」

「何の話だ⁉　オレは、フォンウィンコット卿を見殺しにした魔族《まぞく》を憎《にく》んで、こんな非情な国などバラバラになってしまえばいいと……そのために人間をけしかけ……」

「最近、自分も思うんです」

細い飲み口の瓶をもう一度呷《あお》る。すっかり中身が無くなってしまった。ダカスコスは唇《くちびる》から顎《あご》を拳《こぶし》で拭《ぬぐ》う。厨房《ちゅうぼう》作業でできた治りかけの切り傷に沁《し》みた。

「子供の頃から人間は敵だと教えられてきたし、あっちだってきっと自分ら魔族を嫌《きら》ってるし怖《こわ》がってるんでしょう。そんなの、友好関係にあるはずの隣接国《りんせつ》でさえ、一人で歩いてりゃ石を投げられるんスから、シマロンくんだりまで出掛《でか》けて行きゃあもっともっと酷《ひど》いんだと判《わか》ってます。判ってました。閣下だってお一人で旅をされてれば、魔族ってだけで不愉快《ふゆかい》な目に遭《あ》うこともおありでしょう？　魔族と人間は敵なんです。ついこの間まで戦争もしていたし、今だってちょっと気を抜《ぬ》けば、すぐに争いになりそうだ。敵なんですよ、多分ね。自分は初等教育しか受けてませんが、そんなこた近所のガキでも知っています。なのに、なのにですよ、閣下」

ダカスコスは、年若い主君の顔を思い浮《う》かべ、彼が艦《かん》にいないのを悲しく思った。あの人にも話を聞いてもらいたかった。

なのにですよ、陛下。そう訴《うった》えかけたかった。

骨の形の分かる膝《ひざ》に顎を載《の》せ、暗く静まり返った海面を眺《なが》める。

「聞いてください。最近、思うんスよ。思うっていうか、いい人ばっかりなんですよ」

座ったままのアーダルベルトが、転がる酒瓶を蹴《け》飛《と》ばす音がした。

「……陛下のお供をさせていただくようになって、幾人《いくにん》もの人と会ったんですが……ヒスクライフさんもフリンさんもファンファンさんも、人間なのにいい人ばっかなんですよ。特にヒスクライフさんなんか尊敬してます。あの輝《かがや》く頭には憧《あこが》れるなあ！　グレタお嬢《じょう》さんだって今でこそ眞魔国のお姫《ひめ》さんですけど、本来なら人間の子供です。でも可愛《かわい》いんだァ、うちの子だって可愛いけど、お嬢さんときたら実にまた健気《けなげ》でねえ！」

小柄《こがら》なグレタが走り抜けると、薄暗《うすぐら》い城の廊下《ろうか》まで明るくなる気がした。あの子の声が陛下とヴォルフラム閣下を呼ぶと、城中で働く者達は皆顔を上げ、思わず微笑《ほほえ》んでしまう。

「……いい人ばっかなんスよね、人間なのに。なんでこんないい人達が敵だとか、ずっと思ってきたんだろうって。最近、髪の毛が抜けるほど悩《なや》んでるんです」

もはや誰《だれ》を相手に話しているのか、ダカスコス自身も判らなくなっていた。微《かす》かに血管が浮くこめかみに指をやり、両側をゆっくりと揉《も》み解《ほぐ》した。

「もっともそれは、自分が戦場で仲間を亡《な》くしたことも、親兄弟を戦争で失ったこともないからかもしれません。軍曹殿《ぐんそうどの》やグリ江さん、サイズモア艦長に訊いてみたら、もっと厳しい答えが返ってくるんだと思います。けど、もし陛下にお訊きしたら、何言ってんだダカスコス、そんなの当たり前だろって、頭の一つもはたいてくださるかもしれません」

しがない一般兵の頭を気軽に叩《たた》く王など、余所《よそ》の国にはいなかろう。陛下はとても変わっている。そして、自分達も凄《すご》い早さで変化している。

「陛下がいらしてから、本当に色々と変わりました」

爪先《つまさき》で三本目の瓶を蹴飛ばしたアーダルベルトは、低く唸《うな》るような調子で訊いた。

「あのガキ……ユーリとかいうのは、一体どんな王なんだ？」

「そりゃ、そりゃあ素晴《すば》らしいですよ！　陛下は特別です」

ダカスコスは持てる語彙《ごい》の全《すべ》てを駆使《くし》してユーリを褒《ほ》めようとしたが、どんなに考え、美しい言葉を並べても、平凡《へいぼん》な表現にしか思えなかった。仕方なくもう一度、素晴らしいと特別を繰《く》り返し、短く間を置いて付け足した。

「でも最近……ちょっとご無理をなさってるようにも感じます」

「どういう具合に？」

「よ、よくは判りませんが、お疲《つか》れなのかなあと思う時があるんスよ。無理もありません、大きな国を治めるのは並大抵《なみたいてい》のことじゃないし、お若くして即位《そくい》されましたから。どんな仕事でも慣れや経験がないと苦労しますからね。ご存じでしたか、陛下はまだ十六歳なんですよ」

「十六か……」

口にはしなかったが、数を確認《かくにん》するように視線を彷徨《さまよ》わせる。

「そうなんです。自分が十六の頃なんか、髪《かみ》こそ今よりフサフサでしたが、頭ン中は蛸《たこ》と烏賊《いか》の区別もつかないような有様でしたよ。なのに陛下はあの立派な王様ぶりです。自分はあまり篤信《とくしん》深いほうではないでスが、眞王様《しんおうさま》はやっぱりきちんと見ておられて、相応《ふさわ》しい御方《おかた》を王に選ぶもんだなあと感心してるんです」

「十六にしちゃあ色恋《いろこい》の方面もお盛んだな。嘘《うそ》か本当か、前王の三男坊《ぼう》と早くも婚約《こんやく》したと噂に聞いたぞ」

「ああ、それは本当です。ギュンター閣下は鼻水垂らしてハンカチくわえて泣いていましたが、国民は概《おおむ》ね賛成です。ご寵愛《ちょうあい》トトの倍率も、常にぶっちぎり一番人気っスよ。そらそうですよね、お似合いですもんね。やー、自分、果物《くだもの》の箱にお二人並んで入ってらした時には、どこの異国《くに》のお雛様《ひなさま》かと見惚《みほ》れたもんですよー。でも自分は、ギュンター閣下に給料三月分賭《か》けています。まあご祝儀《しゅうぎ》買いってところですけどねー」

夜な夜な悔《くや》し泣きをする上司の姿を思い描《えが》きながら、ダカスコスは配当金を計算した。自宅の借金も子供の教育費も全部払《はら》える。女房はグゥェンダル閣下の許を退官して、温かい晩飯と共に夫の帰りを待っていてくれるかもしれない。そんな想像をしていたせいで、アーダルベルトの短い問いに即答《そくとう》してしまった。

「幸せそうか？」

「しあわせー。うぉ違《ちが》った、陛下のことですよね⁉　幸福、かどうかは判んないスけど、少なくとも楽しそうではありますね」

「そうか」

それきりアーダルベルトは黙《だま》り込み、一言も喋《しゃべ》らなくなってしまった。もう帆柱《ほばしら》相手に人名を連呼することもなく、ただぼんやりと波と星だけを眺め、静かな酔《よ》い人となった。

「おーい、ダッキーちゃんのダンナぁ、こっちに来て一緒《いっしょ》に飲もうやー！　山脈隊長が聖砂国の神殿《しんでん》の話を聞かせたいってようー！」

同じ船上の人となったカロリアの助っ人連中に呼ばれ、ダカスコスは慌《あわ》てて腰《こし》を浮かせる。

フリン・ギルビットの命により送り込まれた援軍《えんぐん》は、百戦錬磨《れんま》の傭兵《ようへい》部隊だ。その名のとおりの巨体《きょたい》を誇《ほこ》る山脈隊長は、いつ如何《いか》なる時でも飴《あめ》色に磨《みが》き上げられた頭蓋骨《ずがいこつ》を膝に抱《かか》え、テリーヌしゃんと呼び掛《か》けては語り合っている。顔や腕《うで》の傷といい、人相の悪い目つきといい、傍目《はため》から見れば恐《おそ》ろしい迫力《はくりょく》だが、戦闘《せんとう》時以外は穏和《おんわ》な男で、部下からの人望も厚いのだという。周りを固める者も皆《みな》、一癖《ひとくせ》も二癖もある男ばかりだが、ユーリに国ごと救われた経験があるので、魔族に対する抵抗《ていこう》はない。

敬愛するお嬢さんことフリン・ギルビットからも、よくよく言い含《ふく》められているのだろう。あの連中も恐らく、不思議に感じているんじゃないか。

疑問を分かち合えそうな人間の輪へと、ダカスコスはゆっくりと入っていった。


骨飛族は、脱皮《だっぴ》する。

彼等の特殊《とくしゅ》な生態は神秘のベールに包まれ、未《いま》だ解明されてはいない。しかもどこまでが皮でどこから肉なのか、それ以前に彼等の体に「身」はあるのかさえも不明だが、時には暗く冷たい土の中で、またある時には干涸《ひか》らびた砂地の片隅《かたすみ》で、骨飛族と骨地族は古い殻《から》を脱《ぬ》ぎ捨て、新しい自分に生まれ変わるのだ。

因《ちな》みに、見た目はまったく変わらない。

「組み組み骨っちょ」は骨地族が脱皮した際に出る不要になった部品や、墜落《ついらく》して大破した骨飛族が組み立て直される工程で、何故《なぜ》か余ってしまったパーツを再利用する、環境《かんきょう》にも手にも優《やさ》しい玩具《おもちゃ》だ。眞魔国児童教育委員会も推奨《すいしょう》している。

組み組み骨っちょを使う高度な遊び方としては、数え切れない量の骨片《こっぺん》の中から、切断面がぴったり一致《いっち》する組み合わせを探《さぐ》るというものがある。運のいい子供ならものの数刻で発見するが、大人になるまで見つけられない児童もいた。しかし殆《ほとん》どの児童は途中《とちゅう》で飽《あ》きてしまい、組み組み骨っちょを放《ほう》りだして別の遊びを自ら考案する。子供時代の卒業だ。

グレタもそうだった。

血盟城《けつめいじょう》に帰省しているにもかかわらず、誰にも遊んでもらえないグレタは、広いばかりの養《ち》父《ち》の居室で独り大人しく骨っちょを並べていた。

「骨まごと」にも「積み骨崩《くず》し」にも飽きてしまったし、大きな部品の骨密度も量ってしまった。説明書には組み組み骨っちょを組み立てると海賊船《かいぞくせん》や幽霊城《ゆうれいじょう》が造れるとあるが、本物の城に住み、王家の帆船《はんせん》で旅をする少女にとっては、完成図を見てもあまり心は躍《おど》らない。

子供らしからぬ溜息《ためいき》をついたグレタは、掌《てのひら》に載《の》る大きさの骨を貝殻《かいがら》に見立て、そっと耳に押し当ててみた。

「わあー、墓場の音がするー」

吹《ふ》き荒《すさ》ぶ風と怯《おび》えた犬の遠吠《とおぼ》え、錆《さ》びた鉄扉の蝶番《ちょうつがい》が軋《きし》む音だ。木々の枝葉が激しく擦《こす》れ合い、不吉《ふきつ》さを増幅《ぞうふく》させている。墓泥棒《どろぼう》がツルハシで棺桶《かんおけ》を掘《ほ》り起こし、財宝の地図を手に入れようと棺桶の蓋《ふた》を開けると……。

「ひゃ」

耳元で何か囁《ささや》かれたような気がして、グレタは骨っちょを取り落とした。割れない、結構頑《がん》丈《じょう》だ。

「今……なにかしゃべったよね」

確かに言葉らしきものが聞こえたのだ。暫《しばら》く迷ったが恐る恐る拾い上げ、もう一度耳に近づける。やっぱり墓場の効果音ではなく、何らかの特殊な言葉だ。自分達の使う言語とは、高低や強弱がまるで違う。おまけに酷《ひど》く訛《なま》っていて、とても聞き取りにくかった。

「でもこれが、もしかして、ユーリの言ってた骨《ほね》パシー？」

グレタは大急ぎで骨片を掻《か》き集め、シーツに包んで部屋を出た。こういうときこそ毒女だ！アニシナには、解《わか》らないことなどないはずだ。

「アニシナっ……あれ」

研究室の扉《とびら》を行儀《ぎょうぎ》悪く片足で蹴《け》り開けると、くっついていた一つの影《かげ》が、焦《あせ》ったようにぱっと離《はな》れた。

「あれ？」

跳《と》びすさったのはフォンヴォルテール卿《きょう》グウェンダルだけで、部屋の主であるフォンカーベルニコフ卿アニシナは一歩たりとも動いていなかった。

机の上では緑の液体が泡《あわ》を吹いているし、棚《たな》の上には抜《ぬ》け殻《がら》となったおキクが鎮座《ちんざ》していた。普《ふ》段《だん》どおりの研究室だ。

なのに、部屋に満ちた空気だけがいつもと違う。

「あーれー？」

着地した体勢のままでグウェンダルは凍《こお》り付いていた。顔色が変わり始めている。

「どうしました、グレタ。新しい魔動案《まどうあん》でも思いつきましたか？」

「……今、どうしてくっついてたの？」

「じ、じじじ実験中だったのだ！」

無理して答えたせいか声が裏返ってしまっている。十歳そこそこの小娘《こむすめ》は、自分の倍以上あろうかという長身の男に向かって、疑惑《ぎわく》の視線を投げかけた。

「もしかして、ベアトリスのおとーさまとおかーさまがよくやってる、愛のじっけん中だった？」

「あいや、そそそそんなことは」

怪《あや》しい、見るからに怪しい。グレタはシーツの包みを抱えたままで、二人につかつかと歩み寄った。アニシナに粉をかける男は許さない。毒女に手を出そうとは、グウェンダルのくせに生意気だ。

急に慌てだしたグウェンダルを、アニシナは呆《あき》れた顔で眺《なが》めていた。これだから男は、と言いだす寸前の唇《くちびる》をしている。

「そんなに取り乱すくらいなら、最初から無理だとお言いなさいグウェンダル。フォンヴォルテール卿は今、ちょっぴり泣きそうになっていたところなのですよ、グレタ。あなたに涙《なみだ》を見られたと思って大慌《おおあわ》てなのです。女に涙を見られるくらいなら、風呂桶《ふろおけ》に頭を突《つ》っ込む方がましなのですって。愚《おろ》かな話ですね、涙の一つ二つなど。赤ん坊の頃《ころ》に泣かなかった男児がいるとでも思っているのでしょうか」

「グウェン、なんで泣きそうだったの？」

「陛下とヴォルフラムの件で、フォンヴォルテール卿も急遽《きゅうきょ》聖砂国に向かうことになったでしょう？」

小シマロンへの特使《とくし》に選ばれたギュンターと、密航したユーリとヴォルフラムだったが、予期せぬ事態で離ればなれになり、ユーリだけが小シマロン王サラレギーと聖砂国へ向かうことになってしまった。一見、善人そうだったサラレギーだが、その思惑《おもわく》が明らかになるにつれ、安全な旅の相手とはいえなくなってきた。ヴォルフラムは既《すで》にユーリを追っているはずだが、彼らだけでは戦力がとても足りず、当然援軍《えんぐん》が必要だ。魔力の強いグウェンダルが上陸できる可能性は低いが、手をこまねいて待つつもりはなかった。

「けれど聖砂国に関する情報は皆無《かいむ》、内陸部がどのような様子なのか、地図も絵も文献《ぶんけん》も残っていません。後学のためにも、詳細《しょうさい》な情報は喉《のど》から触手《しょくしゅ》が出るほど欲しいではありませんか。そこでわたくしは当該《とうがい》国に上陸するであろうグウェンダルを使って、聖砂国の内部を完璧《かんぺき》に記録する方法を考えたのです」

研究熱心なアニシナが、この機会を逃《のが》すはずはない。

「フォンヴォルテール卿の頭蓋骨に穴を開けて、魔動監視《かんし》装置『正直メアリー』超小型版《ちょうこがた》を埋《う》め込もうとしていたのですが……どうもその手術が恐ろしかったらしくて」

「恐ろしい恐ろしくない以前に、その施術《せじゅつ》は医学倫理《りんり》的に問題があるだろう!?」

涙声《なみだごえ》で反論するグウェンダルを鼻で嗤《わら》い、アニシナは綺麗《きれい》に切り揃《そろ》えられた爪《つめ》で彼の眉間《みけん》を突《つ》いた。

「倫理？　魔動の前に倫理など……おや、グレタ、その盗人《ぬすっと》みたいな荷物は何です？」

少女は思い出したように、床《ゆか》にシーツと中身を広げた。

「おや、懐《なつ》かしい。『おっと！　組み立て骨《ほね》ゴロー』ですね。昔はよくこれを大量に集めて、人造骨飛族の製作に挑《いど》んだものでした」

これもまた、医学倫理的な問題を孕《はら》む、悪質な遊びだ。

「今は『組み組み骨っちょ』っていうんだよ」

「なんだか随分《ずいぶん》と惰弱《だじゃく》な商品名になっているのですね。それはそうとグレタ、骨ゴローは小さい部品が多いから、専用の壺《つぼ》にしまっておかないとすぐになくしてしまいますよ」

「ちがうの！　聞いて。グレタ、骨《ほね》パシーをじゅしんしたんだよ!?」

グウェンダルの大きな手が、前髪《まえがみ》を掻き上げてグレタの額に触《ふ》れた。

「グレタお熱《ねつ》はないったら！」

「だとしたら何の電波を受信してしまったんだ……いいかグレタ、異星人などいない。もしいても、そう度々《たびたび》は通信してこないものだ」

「いせいじんて誰《だれ》？　おとこー？」

「ワレワレハ異星人ダ。雌雄《しゆう》同一体ノ場合モアルナリ」

手を横にして喉を叩《たた》きながら、アニシナが奇妙《きみよう》な声を発した。

「陛下のネタを勝手に拝借《はいしやく》するのはやめろ」

「そうじゃないの。道での遭遇でもイエ《E》ティ《T》ーでもないの。ちゃんと現実のはなしなの。グレタねえ、骨パシーをじゅしんしたんだよ。コッヒーたちの、たましいのさけびを聞いたの」

地球育ちの父の受け売りとはいえ、同年代の子供よりも未《み》確認《かくにん》生物の知識は豊富だ。けれど先程《さきほど》自分が耳にしたのは、この世界に棲息《せいそく》する種族の声であり、ユーリのいうX－ファイルなものではない。それを納得《なつとく》させようと、グレタは小さな拳《こぶし》を振《ふ》り回した。

「だがしかし、骨飛族同士の精神感応は、魔族の中でも余程の修練を積んだ者しか聞き取れないはずだ。骨飛族と出会って間もないグレタに、そんな力があるわけが……」

「だがしかしもダカスコスもないのー！」

「何事も頭から否定するものではありませんよ、グヴェンダル」

グヴェンダルの動揺《どうよう》を後目《しりめ》に、アニシナは今にも泣きだしそうなグレタの足元から、手頃《てごろ》な大きさの骨片《こつぺん》を拾い上げた。僅《わず》かに首を傾《かたむ》けて、左の耳に押し当てる。

「一般的《いっぱん》には不可能とされていても、グレタが千年に一人の天才言語学毒女である可能性だって……むう？」

外見にそぐわぬ唸《うな》り声をあげて、首の角度が深くなった。整った眉《まゆ》が片側だけ跳《は》ね上がる。

「むむうううう？　確かに何か聞こえます。木々のざわめきとも蟹《かに》の行進ともつかぬ音ですが、室内に吹き込む風とは明らかに調子が異なるような……何やら我々の解する言葉ではない模様。どうやら毒女には聞かれたくないようです。骨飛族、全身さらけだし種族にしては、いやに内気な反応ですね」

「まさか本当に骨飛族通信を傍受したのか⁉　よし、すぐに解読の専門家を呼べ。通信兵、通信兵を此処《ここ》へ」

「呼びたければご自分でお呼びなさいな。けれどその前に、数々の仕掛《しか》けを潜《くぐ》り抜け担当者がこの部屋に辿《たど》り着くまでに、どれだけの時間を要するか考えてみることですね。多少なりとも知恵《ちえ》のある者なら、もっと効率のいい方法をとるべきだと気付くでしょう」

お前が物騒《ぶっそう》な罠《わな》を仕掛けるからだろう、と言いたいのをぐっと堪《こら》え、フォンヴォルテール卿は両手を震《ふる》わせた。彼の動揺などお構いなしに、フォンカーベルニコフ卿アニシナ女史は瞳《ひとみ》を輝《かがや》かせ、どこからともなく灰色の革袋《かわぶくろ》を取り出して、高々と掲《かか》げた。

「わたくしならこれを使います。ちゃらちゃちゃちゃっちゃちゃちゃーん。翻訳《ほんやく》コンニャ……」

「待てっ、その便利道具は危険だ！」

グレタの前に立ちはだかったグウェンダルは、その長身に物を言わせて発明品を隠《かく》した。自分でもおかしいと気付いたのか、アニシナも手を下ろし品を改めた。

「おっと危ない、わたくしとしたことが。こちらは魔動とは何の関係もない類似品でした。本物の毒女印はこれ……短縮版でちゃらちゃちゃちゃーん。『翻訳ところてーん』！」

今度は小さな茶色の壺だ。

「説明しましょう！　先頃《さきごろ》完成したばかりの翻訳心太《ところてん》とは、食品に似た透明《とうめい》の細長ーいつるつるっとした冷たいアレを耳から直接流し込むことにより世界中のあらゆる種族の言語が理解できるように理論上はなるという、ひっじょーに便利な発明品なのです」

「理論上はな」

一息に言い切ったマッドマジカリストに向かって、グウェンダルがぽつりと呟《つぶや》いた。赤い悪《あく》魔《ま》と恐《おそ》れられる発明家は、立てた人差し指を小さく揺《ゆ》らしている。

「何を不安になっているのです。わたくしの理論が間違《まちが》っていたことがありますか？　さあフォンヴォルテール卿《きょう》、初号品を試《ため》す栄誉《えいよ》をあなたに。耳をこちらに向けなさい、右でも左でも好きな方で構いませんから」

「なに!?　また私が被験者《ひけんしゃ》なのか!?」

「わかってるくせにー」

口元に妖《あや》しい笑《え》みを浮《う》かべながら、毒女がじりじりと迫《せま》ってきた。手にした壺の口からは、細く長い透明の物体が覗《のぞ》いている。狭《せま》くて小さい容器の中で蜷局《とぐろ》を巻き、心なしか蠢《うごめ》いているような……。グウェンダルは腕《うで》で頭部を庇《かば》い、数歩後退《あとじさ》った。早くも腋《わき》と背中に冷や汗《あせ》を感じている。

「よ、よせ。猫《ねこ》ちゃんの言葉が解《わか》るからと被《かぶ》せられた『聞き耳ずっきーん！』だって、鼓膜《こまく》が痛んだだけで効果はなかっただろうが。そのての品物と私は相性《あいしょう》が悪いんだ。どちらかというとフォンクライスト卿の得意分野だと……」

はっきり失敗作と言えないところが、彼の立場を表していた。アニシナの大半は毒女でできているが、グウェンダルの三分の二は優《やさ》しさでできている。

「ええい、問答無用！」

「やめろ、食べ物を粗末《そまつ》に扱《あつか》ってはいかん！　よせと言っておるおろおれおれおれーぇ」

百年以上も繰《く》り広げられてきた光景だが、始まる前から勝敗は決まっているので、どちらかを応援《おうえん》しても無駄《むだ》だ。ハブとマングースの闘《たたか》いをよそに、グレタはもう一度、自分の耳に骨っちょをくっつけた。聞こえる、やはり言葉に聞こえる。

「……が、あるんでちゅよー……」

今にも心太《ところてん》を流し込もうとしていたアニシナが、グレタの声に手を止めた。

「せいさこくにはにぇー、おっきなおっきなしんでんとー……死んだおうさまのからだをないないするための……おっきなおはかがあるんでちゅよー」

「グレタ？」

幼馴染《おさななじ》みの身体《からだ》に馬乗りになったまま、少女の同時通訳に耳を傾ける。

「……おはかの中にはきんきんきらきらのおかざりと、とってもめずらしいたからものがいっぱいいっぱいあるんでちゅ……ねー、しゅごいでしゅねー、テリーヌしゃん……ねえ、テリーヌしゃんって誰かなあ？」

「ええい、幼児語はいい幼児語は。あ、だからといって詩的に訳さなくてもいいんだぞグレタ。できればもっと普通《ふつう》の言葉で頼《たの》みたいのだが」

アニシナの両脇《りょうわき》に手を入れてひょいと持ち上げ、自分の腹の上から退《ど》かす。毒女は文句を言うのも忘れて、グレタの傍《そば》に駆《か》け寄った。

「素晴《すば》らしい、あなたは当代魔王《まおう》治世最高の天才言語学毒女《どくおんな》です！」

普通に言語学者では駄目《だめ》らしい。

「どうやって翻訳してるのですか!?　データ、データを取らなくては。どんな感じですかグレタ、ビビビって感じ？　ポポポポーンって感じ？」

「そんなんじゃなくて」

魔動に頼《たよ》ることなく通訳を始めたグレタに、興奮気味のアニシナは摑《つか》みかからんばかりだ。

「雑音が消えたらふつうにきこえたの。コッヒーどうしのないしょ話ってわけじゃなくて、ほら、なんて言うんだっけ、ユーリが遊んでくれた……あのー……いと、いと」

「いとしこいし？」

「いとでんわ！　そんな感じ」

「つまり単なる通信機になっているというのか？」

三人は先を争って骨片に耳を押し付けた。


「え、王様一人につき巨大《きょだい》な墳墓《ふんぼ》がひとつずつあるって？」

久々の酒に気分良く酔《よ》っていたダカスコスは、山脈隊長の呟きに裏声で反応してしまった。周囲の連中は殆《ほとん》どが酔い潰《つぶ》れ、潮臭《しおくさ》い板の上で撃沈《げきちん》している。残っているのは魔族代表ダカスコスと人間代表の山脈隊長、それに隊長のお膝《ひざ》の間のテリーヌしゃんだけだ。

飴色《あめ》に艶《つや》めく頭蓋骨《ずがいこつ》は、空洞《くうどう》となった眼窩《がんか》の奥に、底知れぬ闇《やみ》を覗かせていた。視線が合ってしまったような気がして、ダカスコスの二の腕に鳥肌《とりはだ》が立った。

「神殿《しんでん》とは別に？　そりゃあまた贅沢《ぜいたく》な土地の使い方だなあ。うちの国では神殿もお墓も兼用《けんよう》の、眞王廟《びょう》ってのがあるだけっスよ」

もっともその眞王廟には、歴代魔王の墓はない。退位した王は自らの故郷に戻《もど》り、優雅《ゆうが》な余生を送るのが普通だ。逝去《せいきょ》すれば当然、一族の墓地に葬《ほうむ》られる。庶民《しょみん》が眠《ねむ》る共同墓地より設備は豪華《ごうか》だが、特に羨《うらや》む者もいない。違《ちが》いは精々、骨飛族が埋《う》もれていないということだけだったから。

「へえー、聖砂国ってのはとんでもなく広いんスねー。あ、でも山脈さんはどうしてそんなこと知ってるんスか？　こう見えて実はあそこの国の出身だとか……いやそれはないっすよね。山脈さんはどう見たって人間でスよね」

「……リリット・ラッチーは悪い男でしゅねテリーヌしゃん。だってテリーヌしゃんに話しかけようとしないんでしゅよー？」

幼児言葉にもかかわらず、ダカスコスはぎくりと両肩《りょうかた》を震わせた。いけない、山脈隊長と会話をする時には、必ずお膝の頭蓋骨を交える約束だった。ルールナンバー1《ワン》、テリーヌに敬意を払《はら》え。

「す、すもみせん……じゃなかった、スミマセン」

「解ればいいんでしゅよねー、テリーヌしゃん」

泥酔《でいすい》していた傭兵《ようへい》仲間の一人が、勢いよく起きあがって叫《さけ》んだ。

「テリぼんはかーわいぃなぁー！　おれっちも死んだらテリぼんみてぇな艶々の骨になりてぇもんだなーぁ！」

彼等はテリーヌが骨飛族であることを知らない。テリーヌは生まれたときからこの姿だ。

「あの神族ばっかの国の墓にも、テリぼんみてぇな綺麗《きれい》な骸骨《がいこつ》が、いっぱいいっぱい詰《つ》まってるんかなーぁ？　そんなんだから盗人《ぬすつと》が絶えねんだろうな。つっかまえてもつっかまえても墓泥棒《どろぼう》が後を絶たないわけさぁ！　綺麗な骨、ついでに財宝、ついでに珍品《ちんぴん》。どれもみんな異国じゃあ高く売れるもんなー」

「うえ、おっかない。骨飛族と毒女アニシナ以外にも、墓を掘《ほ》り返す奴《やつ》がいるのか。そうなんですか、テリーヌさん」

また約束を忘れそうになって、ダカスコスは慌《あわ》ててお膝の方に話を振《ふ》った。山脈隊長は上機嫌《じようきげん》で、頬《ほお》を薄《うす》く染めている。

「……お墓の中にはきんきんきらきらのお飾《かざ》りと、とっても珍《めずら》しい宝物がいっぱいいっぱいあるんでちゅー。ねー、しゅごいでしゅよねー、テリーヌしゃん」

「あそこは鎖国《さこく》してるって聞いたけど、そんな状態で一体どうやって持ち出すんだろ。王家の墓から盗《ぬす》んだ財宝なんて、通関で見つかったら大変だろうに。ね、テリーヌさん」

「お船ででちゅよー。テリーヌしゃんのお友達のおじいちゃんは、聖砂国との密貿易を生業《なりわい》にしてた船長さんだったんでしゅよねー」

この場合のテリーヌの友達とは、山脈隊長自身を指す。なんだそれなら山脈ではなく、海峡《かいきよう》隊長だったのではないかと、ダカスコスが突《つ》っ込み損ねた時だった。バネ仕《し》掛けみたいに起きあがった高齢《こうれい》の部下が、陽気な口調で持ち掛けた。

「またやんねっすかね、山脈隊長、あんたとテリぼんが船長になって。もう長いこと取り引きしてねえから、財宝もさぞや貯《た》まってることでしょうよ。最後に聞いたあれ、アレですよ。火を噴《ふ》く箱。ていうか、火を噴くって噂《うわさ》のハコ。おれっちアレならすっげく高く売れると思うんすよねえ」

今度は火を噴く箱だってさ。ダカスコスは呆《あき》れた溜息《ためいき》を吐《つ》いた。

このところ自分は四角い物体に関わり過ぎている。ギュンター閣下の背後で鳴らしていたのも、猊下《げいか》のご命令の下に大シマロンで探したのも、つい先頃《さきごろ》の航海で陛下とヴォルフラム閣下を発見したのも箱だった。箱、箱、箱、全《すべ》て箱だ。

世の中、四角い物が流行《はや》っているのだろうか。

眞魔国王都にある血盟城の奥深く、完璧《かんぺき》な温度管理をされた毒女の秘密の研究室で、「組み組み骨っちょ」あるいは、「おっと！　組み立て骨ゴロー」の一部に耳を押し付け合っていた三人は、その単語を聞いた途端《とたん》に驚《おどろ》きの叫《さけ》びを発した。

「なんと！」

「これまた！」

「骨ゴロー！」

グウェンダルは顔色を変え、骨片に向かっていきなり怒鳴《どな》った。

「ヴォルフラムを聖砂国に近づけるな！　すぐに引き返させるんだ！」

だが白い小さな骨片には唾《つば》がかかっただけで、当然の如《ごと》く先方からは何の応答もない。

「くそっ、受け専か！」

床《ゆか》に叩《たた》き付けられた骨っちょは、乾《かわ》いた音を立てて転がった。特に罅《ひび》も入らない。やっぱり相当頑丈《がんじょう》だ。

「どうしたのですかフォンヴォルテール卿《きょう》。唾液《だえき》など撒《ま》き散らして、品のない」

「そーだよグウェンったら、きったなーい」

フォンヴォルテール卿の好感度は一気に二十下降した。確実に女性に嫌《きら》われる行為《こうい》だ。

「そっちこそ何を悠長《ゆうちょう》なことを言っている⁉　ああ、グレタを怒《おこ》っているのではないぞ。今の通信を聞いたか⁉　ああ、グレタを怒鳴っているのではないからな」

小さくて可愛《かわい》いものに気を遣《つか》いながら、グウェンダルはいつもの冷静さを忘れ、室内をウロウロと歩き回った。

「火を噴《ふ》く箱と言えば例の物だろう、他にはとても想像できない」

「例の物って何です？　ただ単に火を発するだけでいいのなら、わたくしの試作品倉庫にだって数百とあります。まあ火だけではなく冷却《れいきゃく》光線や感動的な音楽もつけるとなると、流石《さすが》に数える程《ほど》しかありませんけれどね」

この狂信的魔動研究者は一体どんな速度で珍品《ちんぴん》を作り上げているのだ？　とグウェンダルは顎《あご》を外しそうになった。数百って。そのうちの一つでも戦時に貸し出してくれていれば、先の戦《いくさ》でどれだけ優位に立てたかしれないのに。

だがそんな協定違反《いはん》の考えに囚《とら》われたのも、ほんの一瞬《いっしゅん》だけだった。毒女のペースに呑《の》まれてはならない。

「例の物といえば例の物だ。箱だ。決して触《ふ》れてはならぬと言い伝えられる、最悪最凶《さいきょう》の四つの箱だ」

「ああ、創主とやらが封《ふう》じられたという。そういえば眞王廟《びょう》にも一つありましたね。屁《へ》の果てだか風の……」

「滅多《めった》なことを言うなっ」

口を押さえようとする幼馴染《おさななじ》みの手を払《はら》い、アニシナは高い位置で結んだ赤毛ごと頭を振《ふ》った。傲慢《ごうまん》そうに鼻を鳴らす。

「百年以上大人をやっていてからに、その狼狽《ろうばい》ぶりはなんですかグウェンダル。たかが箱ごときに何を怯《おび》えているのです？　現に今だって、眞王廟に押し込められたきり、自力で逃《に》げることさえできないシロモノではありませんか」

「それは……足が付いていないからな。待て、そうではない。『風の終わり』の話ではなかろう。古くから言い伝えられた箱は確か、この世に四つあるはずだ。その中で火を噴くといえば

『凍土《とうど》の劫火《ごうか》』だ。幸いなことにこれはまだ、人間の手には渡《わた》っていなかった」

「だーかーらーぁ？」

細く締《し》まった腰《こし》に両手を当てたアニシナは、小柄《こがら》な身体《からだ》にもかかわらず、相手を見下ろすような態度だ。

「それが聖砂国の墳墓《ふんぼ》に紛《まぎ》れているとなると、少なくとも前の君主の治世には、既《すで》に神族が手にしていたこととなる」

「だーかーらーぁ？」

「もしも神族が、あれを悪用しようと考えたら……しかし一体何故《なぜ》、墓などに埋《う》めてしまったのかは謎《なぞ》だ」

「要《い》らなかったのではないですか？　使う気がない証拠《しょうこ》でしょう。現に我々だって『風の終わり』とやらを、眞王の墓所である眞王廟に安置しています。ええそれはもう、ぞんざいに。あんな薄汚《うすよご》れた木箱など、国家の隆盛《りゅうせい》には特に必要ありませんからね。わたくしは非魔動的な事象に関しては、この目で見るまで信じない主義ですから」

アニシナを見詰《みつ》めるグレタの朱茶《あけちゃ》の瞳《ひとみ》が、尊敬と憧《あこが》れで煌《きら》めいている。グウェンダルはがっくりと肩《かた》を落とした。世の中の人々が皆《みな》、アニシナだったら良かったのに。もちろん別の理由で世界が滅《ほろ》びる可能性はあるけれど。

「だが、もしも会話の中の火を噴く箱が本物の『凍土の劫火』で、もしも神族が、箱の解放の仕方を知らぬが故に墓に埋めただけならどうなる。そして更《さら》にもしも、箱のある場所に、鍵《かぎ》となる物あるいは人が飛び込んでしまったら……」

顔色を変え、落ち着きなく歩き回るグウェンダルを眺《なが》めながら、アニシナは背が伸《の》びる（かもしれない）栄養飲料をちゅーっと啜《すす》った。

「もしもしもしもしと、あなたはのろまで愚図《ぐず》な陸亀《りくがめ》ですか。そもそも鍵となる人物が誰《だれ》なのか、まだ特定できたわけでもないでしょうに」

「誰なのかだと……!?」

ゲーゲンヒューバーの報告によれば、箱の一つである「地の果て」の鍵はある人物の左眼《ひだりめ》だという。該当者《がいとうしゃ》に近しいために彼の左眼は灼《や》かれたが、封印《ふういん》は解けるまでには及《およ》ばなかった。更にもう一つの現存する箱、「風の終わり」の鍵であるとされる、ウェラー卿コンラートの左《ひだり》腕《うで》が奪《うば》われ、こちらは実際に小シマロンとカロリアに甚大《じんだい》な被害《ひがい》をもたらした。だが、壊滅《かいめつ》的な打撃《だげき》を受けずに済んだのは、どちらも「箱」と「鍵」に不一致《ふいっち》があったからだ。一度は鍵が本物に近い紛《まが》い物であり、また一度は箱と鍵が異なった。「風の終わり」の鍵は、全《すべ》ての封印を解く。何故ならそれが全ての箱と鍵のうち、最初に作られたものであるからだ。しかしどうやら小シマロンが手にしたのは、またしても完璧な物ではなかったようだ。

古来の言い伝えによれば、四つの創主それぞれを封じた一族が、代々、鍵を受け継《つ》ぐことになっていたらしい。今のところ鍵として明らかにされているのは、ゲーゲンヒューバーと血の近い者の左眼と、ウェラー卿コンラートの左腕の二つだ。

グウェンダルの頭の中には、恐《おそ》ろしい考えが浮《う》かびつつあった。残る二つの鍵のうち、一つがヴォルフラムである可能性は充分にある。

「……ビーレフェルトは建国以前から続く由緒正しい家柄だ。ヴォルフラムである可能性は充分にある……」

「では風の創主とやらをぶっ潰《つぶ》したのは、コンラートの先祖なのですか?」

「あっ、じゃあ地のそうしゅをこてんぱんにしたのは、ヒューブとグウェンダルのひいひいひいひいお祖父《じい》様なんだねっ?」

親戚《しんせき》関係を一気に理解した嬉《うれ》しさで、グレタが誇《ほこ》らしげに言った。けれど少女は口にしてしまってから、その推測の恐《おそ》ろしさに気付き、震える声で言い足した。

「それじゃあグウェンの左眼が地の箱の鍵なの?」

「おやめなさいグレタ、まだ何の確証もないのですから」

「いや、構わない」

自《みずか》らに関する部分だけ、グウェンダルは冷静に肯定《こうてい》した。

「確たる証拠などなくとも、予想し得《う》る事実だ。それよりもピカ……いや、ダカスコスの名が上がったということは、会話の現場はサイズモア艦《かん》でほぼ決まりだ。あの船にはヴォルフラムが乗っているんだ。『凍土の劫火』が聖砂国にあるという説が本当ならば、そこにあいつを送り込むのは、あまりにも危険が大きすぎる!」

涼《すず》しい顔で栄養飲料を啜るアニシナとは逆に、グウェンダルは兄弟のこととなると、人が変わったような狼狽ぶりを見せた。

「くそっ！」

机に両手を叩き付けてさえいなければ、灰色の髪《かみ》を掻《か》きむしって叫びだしそうだ。

「なんということだ！　あいつが単独で行動すると、必ずといっていいほど裏目にでる。せっかく自分自身で作戦を立て部下を指揮し、上に立つものとしての自覚が生まれてきたところだというのに」

前回もそうだ。ギーゼラ達と合流し、ユーリを捜《さが》しに出たはいいが、結果として「鍵」となるコンラートの腕《うで》をキーナンが持ち出すのに協力してしまった。ヴォルフラムの責められるところではないが、手痛い損失だった。

「案自体が悪いわけでは決してない。寧《むし》ろ保守的で堅実《けんじつ》だ。失敗しても被害は最小限で済む。なのにどうしてこう、運に見放されているんだ」

皮膚《ひふ》が赤くなり、拳《こぶし》が悲鳴をあげる程強く机を叩《たた》く。グレタが肩を震《ふる》わせて耳を覆《おお》った。

「グウェン……机たたかないで」

「これまでの教育は全て無駄《むだ》だったというのか⁉」

「やめてグウェン、おこらないで、おこらないで」

「だが！」

次に振り上げた拳は白い手に阻《はば》まれて、下ろせなくなった。銀の容器を投げ捨てたアニシナが、彼の手首をしっかりと摑《つか》んでいる。細い指に力が籠《こ》められると、長い武具を軽々と振り回すはずのグウェンダルの腕は、まったく動かせなくなった。相手が落ち着くのを待ってから、アニシナは口元に微笑《ほほえ》みさえ浮かべて言った。

「小さい子供の前で乱暴な所作はおよしなさい。グレタが怯えているではありませんか。弟に期待し、案ずる気持ちはよく判りますが、いるものですよ。本人は善意と向上心から努力しているのに、次々と裏目にでてしまう者が。そういう星の下に生まれた男というのがね」

「ヴォルフは星の王子様なのー？」

少女が涙は堪《こら》えつつ鼻声で訊《き》いた。

幼馴染みの男の腕を放し、アニシナはグレタに笑顔《えがお》を向けた。

「そうかもしれません。でも、そうではないかもしれません。ヴォルフラムは星の王子様だけど、王様ではないのかもしれませんよ。けれどそれは必ずしも不幸なことではないのですよグレタ。独りでは勝機に恵《めぐ》まれなくとも、最良の相棒を得て、誰かの隣《となり》に立てれば、生来以上の力を発揮することもありますからね」

「それは」

誰のことか尋《たず》ねたがる子供の唇《くちびる》に、人差し指がそっと当てられた。切り揃《そろ》えられ、先を丸く整えられた爪《つめ》が、健康的な薄紅色《うすべにいろ》に輝《かがや》く。

「本人にだけ判ればよいことです。もしわたくしの思ったとおりならば、いずれは彼等も気付くでしょう。けれどそれは、今すぐどうにかなる話ではありません。早急にしなければならないのは、まず鍵がどの一族に背負わされた枷《かせ》であるかを調べることです。フォンビーレフェルト家が四つのうちの一つであるのなら、ヴォルフラムに迫《せま》る危険の種類は違《ちが》ってきます」

アニシナは巨大《きょだい》な書棚《しょだな》の前に行き、毒女予備軍を手招いた。

「さあいらっしゃいグレタ、いい機会です。古文書や文献《ぶんけん》の読み方を、みっちりと教えてあげましょう」

「古文書を漁《あさ》れだと⁉　そんな場合か！」

「あなたはいいのですよグウェンダル。どうぞお好きなように。海にでも砂浜《すなはま》にでも急ぎなさい。けれど弟と同様に単独で行動を起こし、いざという時に情報不足で泣いたとしても、そこまでは面倒《めんどう》見きれませんよ」

「そうさせてもらう。家庭の問題でお前の指図を受けるつもりはない」

冷静さを失ったグウェンダルには顔も向けず、鼻歌でも唄《うた》いだしそうな調子でアニシナは言った。早くも資料となりそうな分厚い書物を抱《かか》えている。

「言ったでしょう？　フォンヴォルテール卿《きょう》。誰かの隣に立たないと、持って生まれた力を発揮できない者がいるって。今度はあなたのことですよ」

「話にならん」

手にしていた骨片《こっぺん》を机に叩き付けると、フォンヴォルテール卿は足取りも荒《あら》く研究室から出て行った。

「ぐうぇんだるぅ……」

元はといえば自分が骨飛族の通信を聞いてしまったのが始まりだ。グレタはおろおろと、扉《とびら》とアニシナを交互《こうご》に見た。

「どうしようアニシナ……グウェンおこっちゃったよ」

「ああ、気にしなくても大丈夫《だいじょうぶ》。彼にはわたくしたち抜《ぬ》きで事を進める根性《こんじょう》などありません。精々もって廊下《ろうか》の端《はし》か、階段を三つ数えるまででしょう」

彼女の言葉どおり、数十秒も経《た》たぬ内に、彼は肩《かた》を落とし悲しげに項垂《うなだ》れて戻《もど》ってきた。

他《ほか》に相談できる相手がいなかったのだ。

4

新しい朝がきた。

昨日の朝だ。

「それは新しいんでしょうかね」

付き合いで腕を振《ふ》っていたヨザックが、隣から茶々を入れてくる。

おれは喜びに胸を開きながら、大空を仰《あお》ぐ。狭《せま》い救命ボートに胡座《あぐら》をかいたままで。上空には薄《うす》く雲がかかり、太陽の姿は確かめられない。朝からずっとこんな天気だ。ありがたいことにはっきり晴れるという時間帯はなかった。これでカンカン照りだったら、とっくに脱水症状《だっすいしょうじょう》になっていただろう。

何しろ、水がない。

海という水だらけの場所に浮《う》かんでいながら、手元には喉《のど》を潤《うるお》す、それどころか生命を維持《いじ》するための飲料水がない。当然、食糧《しょくりょう》もなかったが、こちらは一日二日なら我慢《がまん》ができた。普《ふ》段《だん》からいい物を食わせてもらって、腹や腿《もも》に肉をつけておいたお陰《かげ》だ。ありがとう飽食《ほうしょく》の時代、ありがとう自分の筋肉。

その筋肉に感謝するためにも、定期的に適度な刺激《しげき》を与《あた》えてやらなければならない。たとえ狭苦《せまくる》しく、勝手に立ち上がれないような場所にいたとしてもだ。動かせるところは動かしてやらないと、血流が滞《とどこお》って乳酸に代わってしまう。せめて上半身だけでも解《ほぐ》そうと、おれはラジオ体操に勤《いそ》しんだ。最近は椅子《いす》に座ったままバージョンもある。

「軽い運動やストレッチは大切だよ。楽しい海外旅行中に、機内でのエコノミークラス症候群《しょうこうぐん》を防ぐためにもね」

恐《おそ》らくメンバーの中で唯一《ゆいいつ》、空の旅経験のあるウェラー卿が、せっかくのおれの説明に、やる気のなさそうな調子で突《つ》っ込んだ。

「機内というより船上ですが」

「似たようなものさ」

不機嫌《ふきげん》そうな声になってしまったなと、自分でも反省する。おれたちの間の不穏《ふおん》な空気に勘《かん》付いたのか、サラレギーが整った眉《まゆ》を顰《ひそ》めた。

「その奇妙《きみょう》な運動は何なの？　初めて見るよ、魔族《まぞく》の人々の習慣なのかな。手や足を猿《さる》のように動かして面白《おもしろ》いね」

「ラジオ体操だよ。知らなくても無理ないさ。一日の生活にめりはりをつけるように、夏休みの早朝なんかにやるんだ」

「ふーん。で、メリーとハリーはご夫婦なのかな」

それはどうだろう。

「ユーリ、もしかして具合が悪いの？　船酔《ふなよ》いを誤魔化《ごまか》すために無理しているのかい？」

「別に何でもない。どこも悪くないよ、身体《からだ》の方は絶好調だ」

「とてもそうは見えないよ。ああ、やっぱりあなたも同じだ。日射《ひざ》しと潮風にやられて頰《ほお》も指もカサカサになっている」

「うぷ」

身を乗り出しておれの顔を撫《な》で回し、薄い色の硝子《ガラス》の奥で、悲しそうに瞳《ひとみ》を曇《くも》らせる。

「無理もないね。もう二日近く風呂《ふろ》にも入れず、真水で塩分を洗い流すことさえできないんだもの。ああ、薬効成分たっぷりのお湯に浸《つ》かって、温かい霧《きり》で毛穴の奥まで開き、老廃物《ろうはいぶつ》を取り除きたい。ねえユーリ、あなたもそうでしょう。でないとあなたのお付きの偽女《にせおんな》みたいに、荒《あ》れ果《は》てた肌《はだ》になってしまう。勿体《もったい》ない、それはもったいないよ」

「……言うじゃなぁい？」

ヨザックの頰が引きつるのが見えた。多少の理不尽《りふじん》さを感じつつも、おれは慌《あわ》ててお庭番と異国の王様の間に入った。

「で、でもおれ元々、陽《ひ》当たり上等アウトドア派の野球小僧《こぞう》なんで、この程度の日焼けは当たり前ですから！　そんな残念がらないで！　グリ江ちゃんだって今はストレスで大変なんだよな。おれが不甲斐《ふがい》ないばっかりに、心労ばっか増やしてごめんな、な？」

膝《ひざ》に肘《ひじ》を載《の》せて頬杖《ほおづえ》をついていたウェラー卿は、我関せずの表情で波を眺《なが》めている。小シマロンの船員達が数人、漕《こ》ぐ手を止めてこちらを窺《うかが》っていた。彼等の疲労《ひろう》も並大抵《なみたいてい》ではなかろうに、その上こんな馬鹿《ばか》げた騒《さわ》ぎを聞かされたのでは、気も休まらないに違いない。

「ああ悪かった、交替《こうたい》しよう。そっちに行くよ」

腰《こし》を低くしたまま狭い船上を移動すると、肩を竦《すく》めたヨザックが黙《だま》ってついてきた。自主的に漕ぎ当番に参加しているが、四度目ともなれば呆《あき》れて小言もないようだ。

小シマロン王サラレギーとその配下である貨物船の乗員、王の護衛であるウェラー卿、更《さら》におれとヨザックを加えた約二十人は、狭苦しい救命ボートの上で、もう丸一日漂流《ひょうりゅう》している。昨日の夕方、船を脱出《だっしゅつ》した時には、陸地は手の届きそうな近くに見えていた。それが実際に帆《ほ》を持たない小舟《こぶね》に移り、少人数の手で漕いで進むとなると、一向に距離《きょり》が縮まらない。白茶の大地は肉眼でも確認《かくにん》できるのだが、波は行く手と逆だった。

「それにしてもサラ、風呂好きなのは解《わか》るけど、もうちょっと危機感持ってもいいんじゃねえの？　もしもーし、王様、現状を把握《はあく》してる？　オレたち遭難《そうなん》しかけてるんですよ」

「そうなんだー」

サラレギーは両頬を掌《てのひら》で挟《はさ》み、深刻さなど微塵《みじん》も感じられない顔で答えた。

貨物船が難破すると彼等を騙《だま》し、この状況《じょうきょう》に放《ほう》り込んだのはこのおれだ。十六年に渡《わた》るモテない人生では、逆ナンは疎《おろ》か普通《ふつう》のナンパさえ一度も経験したことがない。

にもかかわらず無茶嘘《うそ》をつくから、こんな異国の海の果てで、自分より数段格好いい野郎《やろう》どもと一緒《いっしょ》に災難に遭《あ》うのだ。

「あーあ。チラチラ見えてはいるんだけどなー」

「坊《ぼっ》ちゃん、漕ぐかオレに任せるか、どっちかにしてくれません？」

「漕ぐ漕ぐ、漕ぎますとも。一漕ぎで素振《すぶ》り三回分くらいになるかもしれないしね」

波に持ち上げられた瞬間《しゅんかん》だけ、白茶の陸地が遠くに見える。少なくとも太平洋の真ん中を漂流しているわけではなく、目指す場所は確かに存在するのだと、自分自身に言い聞かせながら、おれは棘《とげ》の浮いたオールを握《にぎ》った。

隣《となり》ではオレンジ色の髪《かみ》のお庭番が、ピーピープー、ピーピープーと口笛を吹《ふ》きながら、櫂《かい》を巧《たく》みに操《あやつ》っている。どこかで耳にしたリズムだ。すっかり捲《まく》り上げられた割烹着《かっぽうぎ》から、ご自慢《じまん》の上腕《じょうわん》二頭筋が剝《む》き出しになっていた。寒くないのだろうか。袖《そで》を下ろしたままなのに、おれのほうが身震《みぶる》いしてしまった。

「さむ……このままた日が暮れちゃったら困……ん？」

ふと見渡《みわた》した海面に、波間に突きでた白い物体を見つけてしまい、おれは潮風でしょぼつく目を擦《こす》った。ぼんやりと見た限りでは、どうやら人の腕《うで》のようだ。

腕……？　オールを離《はな》して顔を擦り、もう一度目を凝《こ》らす。二・〇の視力できちんと確認しても、やっぱり人間の腕のようだ。というか、腕だ。

肘から上を海面に出し、掌をこちらに向け、五本の指をしっかりと開き切っている。

「ううわああ、大変、大変だよっ！　コンラッド、あんた腕、腕ちゃんとある⁉」

「ありますよ、陛下？」

こんな海のど真ん中に何故《なぜ》、人間の腕が生えているのかという疑問よりも先に、ウェラー卿《きょう》の左腕の心配をしてしまった。相手も素のままで答えてしまったようだ。だが、気まずがっている場合ではない。

「腕、うで、うで、うで、腕があそこに！」

二時間ドラマの冒頭《ぼうとう》みたいな反応で、おれは白い棒状の物体を指差した。小シマロン船員達もざわめき始める。すんなりと細い肘下は、波に揺《ゆ》れる様子もなく留《とど》まっている。大海の真ん中でサスペンスドラマか、はたまた孤独《こどく》なシンクロナイズドスイミングか⁉

「救助、とにかく救助しないと」

櫂をひっ摑《つか》み、おれとヨザックと数人の船員が必死で漕いだ。小舟は急速に腕に近付き、白い掌がしっかりと見えるまでになる。生命線がない。

「しっかりしろ、いま助ける！　と言うべきなのか」

「さあ……あっ坊ちゃんたら」

お庭番の制止も聞かず、おれはいきなり手を伸《の》ばし、五本の指をぎゅっと摑んだ。

「ひゃ」

思わず目を瞑《つぶ》ってしまう。肌は冷たく、水を吸って膨《ふく》らんだのか、ゴムのような手触《てざわ》りだ。生きている人間の腕とは思えない。

「水死体が浮かんできたんじゃないですか？」

「か、も。ひー、あまり、気持、ち、よくな……」

海に生きる人々の葬儀《そうぎ》の作法は知らないが、だからといって握った手を離し、このまま放置する気にはなれなかった。その先に何が繋《つな》がっているのか、予想するのも恐ろしかったが、ぐっと堪《こら》えて手を引っ張る。

重く白い腕が船縁《ふなべり》に近付いてきた。手を貸そうとヨザックが身を乗りだし、気のいい船員の何人かも脇《わき》から水中を覗《のぞ》き込んだ。あと少しで引き上げられると力を加えた時だった。

おれはみっともない悲鳴をあげ、右手を振《ふ》り解《ほど》こうとした。

「どうしました!?」

「摑んだ！　こいつおれの手を握っ……ぎゃ」

海に引きずり込まれそうになって、慌てて救命ボートの縁に摑まる。すんでのところでヨザックが、おれの腰を抱《かか》えて止めてくれる。

「ユーリ！」

コンラッドの彼らしくなく焦《あせ》った声がして、こちらに走り寄る震動《しんどう》があった。船の上では駆《か》け足厳禁、そんな注意が頭の片隅《かたすみ》に浮《う》かぶ。

「駄目《だめ》だ駄目、ズボンじゃなくて脚《あし》、脚しっかり掴んでくれ！　ぎゃーズボンだと脱《ぬ》げちゃう、脱げちゃうから！　おれセクシー担当じゃないからッ」

「知ってます、脱ぐのはグリ江の役目だもの」

「落ち着いてください陛下、あいつら悪気はないんです」

泣き叫《さけ》ぶ子供でも宥《なだ》めるみたいに、温かい手が背中を撫でた。慣れた触《さわ》り方だ。

「あいつら？」

強い力で引っ張られ、水面ギリギリまで顔を近づけられてやっと見えた。海中には無数の生き物がいる。鮪《まぐろ》くらいの大きさの魚達は、銀色の鱗《うろこ》を煌《きら》めかせながら、明るいブルーの水を掻《か》き分けて悠々《ゆうゆう》と泳いでいた。

四本の手足を器用に使って。

「魚に、手と足が生えています……」

「魚人姫《ぎょじんひめ》です」

腕の持ち主はおれの手を離すと、海面に身を躍《おど》らせ、大きく跳《は》ねて水滴《すいてき》を撒《ま》き散らした。彼にも立派な足が生えている。いや、白くしなやかな両脚から判断して、今のは「彼女」かもしれない。

「じゃあああの臑毛《すねげ》の凄《すご》いのは、オス魚人姫？」

「いいえ、魚人殿《どの》です。彼等の種族は長い時間をかけて両手両足を生やし、魚の姿から人型へと変化するんです」

「……それ進化っつーんじゃねぇかなあ。そういえばおれ、この間、眞魔国の汚水溜《おすいだ》まりで一
四《ぴき》、一人？　魚人姫を担《かつ》いで運んだな」

村田と間違《まちが》えたのだが。

「ああ、それじゃあ」

青く澄《す》んだ海中で、魚人姫と魚人殿が手を振っている。救命艇《きゅうめいてい》は彼等が起こす流れに挟まれ
て、陸に向かって好調なスピードで進み始めた。

「陛下に恩返しに来たんですよ、きっと」

「……陛下って、呼ぶな」

不意に正気に返り、おれは彼の方も向かずに言った。顔を見るのが怖《こわ》かったのだ。

濡《ぬ》れた前髪《まえがみ》が額に貼《は》り付いている。あまりの不快さに掻き上げたら、滴《したた》った水滴からつんと
潮の匂《にお》いがした。

「あんたの陛下はおれじゃないだろ」

声が急に固くなる。ウェラー卿の短い返事は、氷でも呑《の》んだみたいによそよそしく響《ひび》いた。

「失礼……つい取り乱しまして」

サラレギーの隣に戻《もど》って行く背中に向けて、ヨザックが唇《くちびる》を歪《ゆが》めながら呟《つぶや》いた。口調も声も、
苦々しく聞こえる。

「やだねェ、なりきれない男は。坊ちゃんのがずっと男前だな」

おれのどこが男前だって？

「笑わせるなよ」

もしおれが本当に強い精神力の持ち主なら、誰《だれ》に何と呼び掛《か》けられようとも、笑って返事が出来ただろう。心が狭《せま》いからこんな反応になるんだ。相手を思いやる余裕《よゆう》があったら、いちいち咎《とが》め立てたりしない。

おれは自棄《やけ》になって両腕《りょううで》を振った。今度こそ聖砂国に運んでくれるだろう、魚人姫と魚人殿に感謝の言葉を捧《ささ》げながら。


錦鯉《にしきごい》みたいな着物姿の外人女を連れて歩くには、深夜の国際空港以上に相応《ふさわ》しい場所はない。何しろここなら誰も警察に通報しない。勘違《かんちが》いした外国人など、眼鏡《めがね》をかけて首からカメラをぶら下げた日本人観光客と同じくらい、珍《めずら》しくもない光景だった。

「……つまり超《ちょう》珍しいってことじゃねーかよ!?」

今どき吉本《よしもと》の夫婦漫才師《めおとまんざいし》だって、こんな派手な和服は着やしない。

渋谷勝利はずり落ちた眼鏡を押し上げて、誰にともなく訴《うった》えかけた。

「俺は違う、俺はこの女の相方《あいかた》じゃねーからなっ」

けれど台風通過中の夜のエアポートでは、誰も相槌《あいづち》を打ってはくれない。虚《むな》しさを通り越《こ》して悲しくなってきた。

しゃなりしゃなりと隣《となり》を歩く勘違い女は、数少ない通行人と擦《す》れ違うたびに、両手を前で合わせて深々とお辞儀《じぎ》をする。合掌《がっしょう》。

「お前は少林寺の回し者か！」

「なーんデースかー？　ニポンジン、皆《みな》さん礼儀《れいぎ》正しい。ゲイの道こと芸者道は、礼に始まり礼に終わりますどすえー？」

将来の都政を担《にな》う者として、勝利は天を振り仰《あお》いで嘆《なげ》いた。一体どうしてこんな間違った日本観が広まってしまったのだろうか。タランティーノに責任を取らせろ。

「待てグレイブス、その珍妙《ちんみょう》な日本語で知らない人に話しかけるな。相手が迷惑《めいわく》がっているだろう」

「オーウ、ニポンはそんな冷たい人ばかりじゃないはずデス。それにショーリ、ワタシのことはグレイブスではなく、アビーと呼んでください、アビーと。ノノノノノ、ルックミー、ルックマイマウス。ア・ビー。どうぞ？　ア・ビー」

「もうウィッキーさんの時代じゃねーんだよっ」

ファーストクラス専用のラウンジに鎮座《ちんざ》していたアメリカ人、奇妙《きみょう》な和服姿のアビゲイル・

グレイブスは、勝利がボブの友人だと知るや、彼から離《はな》れなくなってしまった。ボブの携帯電《けいたい》話に連絡《れんらく》を入れたのだが、鉛《なまり》の箱にでも閉じ込められているのかまったく応答がない。こうなったら無理やりタクシーに乗せて、羽田まで送り届けてしまおうかと、エントランスに向かって歩き始めたところだ。

アビゲイルは通りすがりの人を次々と摑《つか》まえては、片言の日本語による挨拶《あいさつ》を浴びせていた。一割の確率で下ネタまで混ざる日本語攻撃《こうげき》に、勝利はとうとう音を上げた。

「英語で話せよ、恥《は》ずかしいだろ」

するとアビゲイルは突然《とつぜん》、教材っぽい発音で言った。

「いやよ。あなたの英語はテレタビーズ並みなんですもの」

「テレタビーズって喋《しゃべ》らねえじゃん。それでもお前さんの似非《えせ》ニポン語よりまし……お」

やっとかかってきたコールバックに、勝利は携帯を開く手ももどかしく応じた。

「どういうことだボブ。ここにあんたのお客さんがいるぞ？　天文学的数字の偶然《ぐうぜん》で俺が会わなかったら、この錦鯉《にしきごい》はラウンジで化石になるとこだったんだぞ」

『大袈裟《おおげさ》だな、ジュニア』

言葉の代わりに短い舌打ち。その呼び方はよせという意思表示だ。

『こっちはまだロドリゲスが着かなくてな』

「ロドリゲスだろうがイカゲソだろうが知ったことか。替《か》わるぞ」

アビゲイル・グレイブスは目を丸くして自分を指差してから、突《つ》きつけられた携帯電話を受け取った。声のトーンが高くなる。

「オー、バォブ！」

「……バォブじゃねーっての。バォブじゃ」

四倍速で喋るネイティブたちの脇《わき》で、受験英語の成功者はふて腐《くさ》れた。彼女が特に早口なのかもしれないが、知っている単語しか聞き取れないスピードだ。彼女とボブは言い争うでもなく、親しい調子で数分間話した。携帯を勝利に返す前には、何に受けたのか笑いもあった。

「あんたか運転手のどっちかが迎《むか》えに来るのか？」

『それがそうもいかないんだ、シブヤ』

次にボブが持ち掛《か》けた提案は、彼の想像を遥《はる》かに超《こ》えるものだった。

「もてなせ、だとー!?」

俺に、この女をか？　と勝利は信じられないような口調で問い返した。眉《まゆ》がハの字になってしまう。

『そうだ、ショーリ。アビーは私の客なのだが、このとおり、きみのリトルブラザーに緊急事《きんきゅう》態が発生してしまったので、彼女の到着日《とうちゃくび》をすっかり失念していてね。済まないがケンをあちらに送るまで、アビーの世話を頼《たの》めないだろうか。接待はジャパニーズビジネスマンの基本だろう？』

「ふーざけんなよボブ、都知事はもてなすのももてなされるのも選挙違反《いはん》だ。そうでなくてもこんなB級洋画の偽《にせ》芸者みたいな女お断りだっつーのに。この上、連れ歩いて付き合ってるとでも誤解されたらどうすんだよ、どうしてくれんだよ⁉　大体なあ、こいつ、いくつ？　下手したら高校生だろ、下手しなくてもハイスクールスチューデントだろ。俺は都条例に違反する気はないかんな」

『きみはサイタマケンミンじゃないか』

あまりのことに声まで裏返る渋谷兄に、経済界の魔王《まおう》の冷静な指摘《してき》が返ってくる。

「ど、どっちにしても駄目《だめ》だ。俺はこれからナイアガラの滝行《たき》くから。高校生一人で海外旅行するような金持ちのお嬢《じょう》さんを、満足させられるだけの資金力もな……あっ！」

切られた。何回掛け直してももう繋《つな》がらない。アンテナの向こうでニヤつくサングラスの男が目に浮《う》かぶ。うまいこと押し付けたと思っているのだろう。

「おい、言っとくがなグレイブス」

仕方なく携帯電話をポケットにしまいながら、渋谷勝利はアビゲイルに向き直った。彼女にしてみれば旅の出足から不運続きとなるが、東京観光はお一人様でお願いするしかない。

「おれにはお前さんを接待してる暇《ひま》なんかないんだ。弟の一大事だからな。TDLもUSJも日光江戸《にっこうえど》村も、国に帰ってから彼氏と行け。にゃんまげとは写真を撮《と》れ、いいな？　家族第一主義のアメリカ人なら肯《うなず》けるだろう」

「ノーノー、ボストンににゃんまげイマセーン。それよりも弟さん、どうかしたの？」

「関係ない話だ。諸般《しょはん》の事情で俺はナイアガラの滝を逆流させに行く。お前さんは近場のホテルにでも泊《と》まれ。ボブの名前を出せば、取り敢《あ》えず部屋は取れるだろ」

胸ポケットに入れていた携帯電話が、モーター音と共に突然震《とつぜんふる》えだした。青い光が点灯している。プロバイダのメールボックスから、メールが転送されてきたのだ。

subject：　びびえすみました。

アビゲイルは液晶《えきしょう》を覗《のぞ》き込み、画面に映った本文を読みあげた。

「ヲマシタ、ハ！　っぽ、イデ」

「平仮名だけ読むな」

掲示板《けいじばん》を見ました。ナイアガラは無理っぽいですねー。でもなんで逆流なんかさせたいんですか？　なんか水使った超《ちょう》魔術でも考えてます？　塗るタイプ・オブ・ジョイトイさんは興味が多方面に広がってるからナー。滝じゃないですけどスイスのボーデン湖では最近、UMA目撃情報続出らしいです。アルプス噴火《ふんか》！　とかの前兆ですかね。（アルプス火山じゃないから・笑）これってトリビアの種になりますかね？


「おいおい、俺は核爆発《かくばくはつ》並みの強大な力を探してるんであって、ボッシーだかボマちゃんだかはお呼びじゃございませんよ」

だが、食いついてきたのはマスコミではなくアビゲイルだった。

「ボーデン湖で異変？　大変、ボーデン湖っていったらうちも無関係じゃいられない。ママに報《しら》せなくっちゃ。でも何で日本人のがボーデン湖の情報早いのかしら」

「ボーデンボーデンて、お前はアイスクリーム会社の手先かよ。何だグレイブス、別荘《べっそう》でもあるのか？」

「そうじゃないの。あの湖にはママ曰《いわ》く、ウルトラ恐《おそ》ろしい物が眠《ねむ》っているの。ああもちろん首長竜《りゅう》の冬眠《とうみん》じゃないから」

深刻そうな話になると、やっぱり母国語に戻《もど》ってしまう。それでも二倍速程度で留《とど》まっていたので、難なく聞き取ることができた。

「嘘《うそ》か本当か知らないけど、一度封印《ふういん》が解かれればこの世に甚大《じんだい》な被《ひ》害《がい》をもたらすという、最《さい》凶《きょう》最悪の物体らしいの。ここだけの話ですけどね、ダンナ」

　アビゲイルは勝利を手招きし、耳に口を近づけた。

「その強大な力に目をつけて、大戦中にナチスが狙《ねら》ってたの。それをうちの曾《ひい》グランマが、奴《やつ》等《ら》の手には渡《わた》すまいとして、ボーデン湖に沈《しず》めたらしいのよ」

「お前んちのばーさんは何者だよ」

「あら」

　アビゲイル・グレイブスは和服にもかかわらず脚《あし》をぐっと広げ、片膝《かたひざ》を軽く曲げて右手を突き上げた。余った左手は腰《こし》だ。懐《なつ》かしのトラボルタポーズである。

「我がグレイブス家は、代々続くトレジャーハンターの家系なのよ」

　しかし既《すで》に勝利の頭の中は、ナチスも目をつけた強大な力という一節でいっぱいになっていた。トレジャーハンターなどどうでもいい。世界一の瀑布《ばくふ》を逆流させるよりも、幾《いく》らか実現が可能そうではないか。

　スイスか。先程《さきほど》のキャンセル待ちを今すぐに取り消して、欧州《おうしゅう》行きに変更《へんこう》しなければ。待てよ、スイスって何が公用語なんだ？　英語圏《けん》以外でも意思の疎《そ》通《つう》は可能だろうか。それ以前に通貨の単位はマルクやフランではなくユーロか？　いちユーロって幾《いく》らくらいなのだろう……

　いちユーリなら弟一人と想像できるのだが。

　渡《と》欧《おう》のシミュレーションで脳味噌《のうみそ》フル回転の勝利に向かって、アビゲイルはまだアピールを続けていた。

「因《ちな》みにあたしなんか、チアリーダーにしてトレジャーハンターなのよ」

因みに因みに、塗るタイプ・オブ・ジョイトイさんというのは勝利のＨ　Ｎ《ハンドルネーム》だ。親兄弟には知られたくない。

5

魚人姫《ひめ》と魚人殿《どの》に運ばれたおれたちは、日暮れ前に聖砂国の港に着いた。

出島なんて教科書と時代劇でしか見たことがないので、他《ほか》と比べるのも無理な話だが、少なくとも頭の中でイメージしていた光景とは違《ちが》い、随分《ずいぶん》落ち着いた雰囲気《ふんいき》だった。物売りの声も、通りを走り回る子供達の姿もない。ベージュの煉瓦《れんが》を使った二階建ての建物は、道に沿って整然と並んでいるのだが、開いている店はほんの数軒《けん》で、港町らしい活気を感じなかった。

ただし、人が少ないわけでは決してなく、大人を中心とした行き交《か》う人々は、健康そうで愛想も良かった。検疫所《けんえきじょ》のある場所まで歩く異国人に微笑《ほほえ》みかけ、何人かは短い言葉もかけてきた。恐らく彼等の国の挨拶《あいさつ》だろう。

これまで会った神族の人々と同じく、白に近い淡《あわ》い色の金髪《きんぱつ》で、瞳《ひとみ》も綺麗《きれい》な黄金だった。髪《かみ》や瞳の色の濃《こ》い人間を滅多《めった》に見ないらしく、皆《みな》一様に驚《おどろ》きはしたが、その反応も特に不愉快《ふゆかい》なものではなかった。

「よかった、珍獣扱《ちんじゅうあつか》いだったらどうしようと思ったよ」

「どうでしょう。出島の住民は異国人との接触《せっしょく》に慣れてますからね。教育も行き届いてるはずだ。奥に行けば行くほど純粋《じゅんすい》ってこともあります」

胸を撫《な》で下ろすおれに首を向けて、ヨザックは割烹着《かっぽうぎ》の袖《そで》を捲《まく》り上げた。

「表《おもて》の入口だけじゃどんな国かは判《わか》らない。玄関《げんかん》と勝手口、両方見ないとね」

「なるほど、賢《かしこ》いなあヨザックは」

「おほ、嬉《うれ》しいこと言ってくれますね。頭を褒《ほ》められたの生まれて初めて。けど残念ながら頭じゃなくて経験ですよ。いやー、実に多くの土地に行かせてもらいましたからねえ。それもぜーんぶお上の金で」

「国費で留学？　森鷗外《もりおうがい》みたいだな」

これだからやめられないという顔をされた。また馬鹿《ばか》なことを言ってしまったようだ。

おれたちを迎《むか》え入れた検疫所の人々は、そちらこちらで相談しながら、担当する客の着替《きが》えやら洗面やらを手伝っている。職員は日本ならアルバイト扱《あつか》いの年頃《としごろ》の女の子ばかりで、服装も髪型もお揃《そろ》いのせいか、どの少女も殆《ほとん》ど同じように見えた。

しばらくじっと観察していると、中でもそれぞれ似た顔の子供が二人ずついるのに気付く。

そこでやっと思い出した。神族の子供達は双子《ふたご》率がとても高いのだ。ジェイソンとフレディも信じられないくらいそっくりな一卵性双生児《そうせいじ》だったし、ゼタとズーシャも姉弟にしては似過ぎていた。船内で会った少女と舵《かじ》取り名人の兄弟姉妹は確認《かくにん》していないが、船倉の人々に混ざっていたという可能性もある。

そういえばジェイソンとフレディは何処《どこ》で働かされているのだろう。この少女達の中に紛《まぎ》れてはいないかと、おれは周囲を見回した。少し離《はな》れた所でサラレギーが文句を言っていた。若いとはいえ王様なのだから、一般《いっぱん》入国者よろしく検疫を受けるのは屈辱《くつじょく》的だと感じているのだろう。何の抵抗《ていこう》もなかったおれの態度にも問題があるのかもしれない。ウェラー卿《きょう》が苦い顔で宥《なだ》めている。お世話係は大変だ。思わず苦笑いしそうになって、舌が上顎《うわあご》に貼《は》り付くほど口の中が渇《かわ》ききっているのに気付いた。

喉《のど》だけじゃない。

「あーなんかおれ腹が減りすぎて気持ち悪くなってきた……」

「大変、吐《は》きそうですか？　お食事中の皆《みな》様にグリ江から謝っとく？」

「吐くったって胃液くらいしか出ない。多分大丈夫《だいじょうぶ》。この後いきなりフランス料理のフルコース食べたりさえしなければ」

一組の姉妹が白くて新しい布を抱《かか》えて、おれの前に来た。右側の子が微笑みながら温かいタオルを差し出す。

「こまんたれぶ？」

ふ、フランス語できたか！　おれが返事に困っているうちに、蒸《む》しタオルで顔をごしごしと拭《ふ》かれる。あまり遠慮《えんりょ》がない。

「あざぶじゅばーん」

「それは大江戸《おおえど》線の……むー……」

「ほったいもいじるーなー？」

時間、時間を訊《き》かれてるのか⁉

そんなはずはない。昔読んだ親父《おやじ》の英会話本を思い出しながら、試《ため》しに「斉藤寝具店《サイトシーイング》」と言ってみたら、おれの担当だった女の子は、顔を真っ赤にして逃《に》げてしまった。オヤジギャグが苦手だったらしい。

さっぱり解《わか》らない質問の数々に、お庭番は余裕《よゆう》のヨザちゃんで対応している。掌《てのひら》を上に向けてにっこりしてみたり、いーからいーからと追い払《はら》う素振《そぶ》りを見せたりと楽しげだ。

「凄《すご》いなヨザック、意味が判るのか？」

「まっさかー。ただ心の赴《おもむ》くままに変な動きをしてみせてるだけですよ。こうやってちぐはぐな対応してりゃ、向こうさんも困って通訳を連れてくるでしょ」

「いい作戦だ！　おれも妙《みょう》な動きしてみよう」

舌を出してみせたら三人泣いてしまった。年季の入り方が違うらしい。

「ほら坊《ぼっ》ちゃん、グリ江は少女の心を持った大人だから」

予言どおり泡《あわ》を食った通訳が駆《か》けつけたが、お陰《かげ》でその先ずっとおれたち二人の世話を焼くのは、薄《うす》く髭《ひげ》の生えた中年男性ばかりになり、女の子は近付かなくなってしまった。要注意人物に認定されてしまったのだ。

　男の一人の名札には「通詞・アチラ」と書かれていた。三文字目は左右逆転の間違い文字だ。眼鏡《めがね》の分厚いレンズ越《ご》しだと、金色の眼球が恐《おそ》ろしく巨大《きょだい》に見える。神族といえども近眼にはなるらしい。頬《ほお》と顎《あご》を覆《おお》う柔《やわ》らかそうな髭は、失礼ながら白カビみたいだった。

　おれたちはその男に連れられて、出島から先、聖砂国の奥へと進んだ。

「うまに？」

「は？」

　旨煮《うまに》がどうした、と訊き返しそうになる。動詞を略す話法なのだと判るまでに、随分時間がかかってしまった。馬に乗れるかという質問だ。交通手段はお任せするけれど、そんなことよりも果たしておれたちがどういった集団なのかを理解してくれているのかが不安だった。

　港街の出口では、誰《だれ》かが手を振《ふ》ってくれていた。余所《よそ》の国の王様御一行に、普通《ふつう》は気軽に手を振ったりしないのではないか。国交がないとはいえ小シマロンは大国だ。庶民《しょみん》に畏《かしこ》まられなくて、サラレギーは機嫌《きげん》を損《そこ》ねそうだ。

　聖砂国は名前のイメージとは異なり、砂ばかりという土地ではなかった。

　山間部には緑もあれば、馬車道の脇《わき》には赤い土もある。見渡《みわた》す限りの白い砂漠《さばく》で、駱駝《らくだ》での過酷《かこく》な旅を続けた後に、椰子《やし》の木が一本だけ生えたオアシスに辿《たど》り着く……そんなサハラ砂漠みたいな場所を想像していたのだが、おれの予想は大きく裏切られた。

　ただし気温は日本の真冬並みで、襟《えり》を立てても避《さ》けきれないほど吹《ふ》きつける風は、完全に乾《かん》燥《そう》し切っていた。

　気候のせいか平地には緑が少なく、馬車の窓から眺《なが》めていても、畑と呼べる場所はたまにしかなかった。農耕には向いていない国なのかもしれない。

　だが予想を大きく裏切ってくれたのは、移動中の風景だけではない。夜更《よふ》けにやっと着いた最初の大きな街でも、その豊かさに驚かされた。

　建築物は全《すべ》て規格が統一されており、一軒《いっけん》として目立つ造りの家はなかった。時間が時間だから商店は閉まっていたが、家々の窓には明かりが灯り、舗装《ほそう》された道の両脇《りょうわき》には、各家庭ごとに鉄の門があった。アチラの誇《ほこ》らしげな説明（しかし動詞は略されている）によると、上下水道や暖炉《だんろ》も完備されているという。

　何より驚かされたのは、街の周囲に城壁《じょうへき》が存在しないことだった。

　血盟城の城下には、街の外れに高い塀《へい》が設置されている。夜盗《やとう》や敵兵を防ぐためだ。聖砂国の都市にはそれがない。

「凄いな、よっぽど治安がいいんだな」

「そうですかねぇ」

　今夜の宿へと案内されながら、ヨザックは低く呟《つぶや》いた。彼は却《かえ》って出島よりも緊張感《きんちょうかん》を強くしている。

「まあ、あの海が天然の防護壁なんでしょうけど。それにしてもねェ……」

「なんだよヨザック、その含《ふく》みのある口調は。何か気になることがあるんなら、おれにも教えておいてくれよ」

「今のところは大丈夫。この国の王様だって自分の前に連れてくるまでは、オレたちを無傷のままにしておきたいでしょうからね」

気になる物言いだ。そして長いこと潜入《せんにゅう》工作員をやってきた彼の勘《かん》は、馬鹿《ばか》にできない。


聖砂国でのトップと会談するまでには、三日三晩を要した。

昼は外地を走るけれど、夜は五つ星クラスのホテルに宿泊《しゅくはく》という旅だったから、贅沢《ぜいたく》に慣れた温室育ちのサラレギーからも、特に文句はでなかった。一方おれのほうはというと、上陸して二日目から、疲労《ひろう》にもかかわらずまともには眠《ねむ》れなくなってきていた。

傍目《はため》にも落ち着きがなくなっていたらしい。ヨザックばかりではなくサラレギーにまで、どこか具合が悪いのか訊かれたくらいだ。

「神経性だと思うんだ。胃が痛いというか……何だ、食い過ぎて胸焼けしてんのかな」

「風邪《かぜ》じゃないですか？　海で無茶しましたからねぇ」

それに時々感じる頭痛と悪寒《おかん》、口にしてしまえば明らかに風邪の初期症状《しょうじょう》だ。

「薬を貰《もら》ったらいいよユーリ。あの通詞に言って。神族の薬だからって、魔族《まぞく》にも効かないわけではないと思うよ」

「そんなもん頼《たの》んで激苦なお茶なんか出されたら困るよ。平気だって、毛布をもう一枚貰うから。……ごめんな、サラ、きみにまで心配させて」

勿論《もちろん》、効果がないと思ったわけではない。薬と聞いた途端《とたん》にギュンターの教えが脳裏《のうり》に浮《う》かんだのだ。知らない人から食べ物を貰っちゃいけません、というやつだ。食事はきちんと摂《と》っているが、他《ほか》の誰も食べていないような、特別な物は絶対に口にしない。最低限の注意はしているつもりだ。

それにおれ自身はこの不調は風邪ではなく、ストレスのせいだと判断していた。小シマロンでも緊張《きんちょう》する展開の連続だったし、航海中は友人もいなかった。ヨザックは心強い味方で信頼《しんらい》のおける護衛だが、ヴォルフラムとは気安さの種類が違う。罵《のの》り合ったり慰《なぐさ》め合ったりはできない。

上陸して幾《いく》らか心配事は減ったが、すぐに新たな不安が頭を擡《もた》げてきた。じきに訪《おとず》れるであろう頭首会談へのプレッシャーだ。

おれはこれから、交流したこともない未知の国の君主と、互《たが》いの国の威信《いしん》をかけた話し合いに挑《いど》むのだ。相手に恥《はじ》をかかせてもいけないし、眞魔国の面子《メンツ》も保たなければならない。しかも一対一ではなく、小シマロン王も同席するだろう。指導者になるべく育てられた二人を相手にして、何ら秀《ひい》でるところのない普通の高校生が渡《わた》り合えるものなのか。

何しろおれはほんの半年前までは、どこにでもいる単なる野球小僧《こぞう》だったのだ。外交手段なんかさっぱり知らないし、交渉術《こうしょうじゅつ》とやらも弁《わきま》えていない。将来は都知事と豪語《ごうご》している兄貴に、いっそ代わってほしいくらいだ。

頼みの綱《つな》のギュンターとも離《はな》れてしまったし、こういうときに力になってくれそうな村田もいない。相談できそうな相手は誰一人《だれひとり》いなかった。

そりゃあストレスもたまるさ。

「プレッシャーで死にそうだよ」

絶対に聞こえないように呟いて、おれは馬車の床《ゆか》を蹴《け》った。運命の一戦の前夜なら、こんな気分になるのかもしれない。けれど補欠人生を歩いてきたおれは、大試合をほとんど体験していない。ここにきて経験値の差が。

「ご覧よユーリ！　首都が見えてきた。ああ興奮するね、どんな都市になったのだろう。こちらの陛下はお元気だろうか。先代はご健勝かな」

プレッシャーになど縁《えん》のなさそうなサラレギーが、窓から身を乗り出して喜びの声をあげた。

これまで黙《だま》り込んでいたウェラー卿《きょう》が、抑揚《よくよう》を欠いた口調で窘《たしな》める。

「あまり考えすぎるのはよくないですよ、陛下」

「でも楽しみだ。胸が躍《おど》るよ」

まるで以前に会ったような口振《くちぶ》りだ。そういえば彼は航海中も、あの難所を越《こ》えるのは二度目だと言っていた。

「サラ、きみは……」

舗装状態が良好になり馬車がスピードを上げたせいで、おれの疑問は車輪の音に呑《の》み込まれてしまった。やめておこう、今更《いまさら》サラレギーの過去を知ってどうなる。必要な知識を学ぼうとしなかった後悔《こうかい》と、劣等《れっとう》感に苛《さいな》まれるだけだ。


聖砂国の首都・イェルシウラドは、沈《しず》む夕陽《ゆうひ》に照らされて、悠然《ゆうぜん》と存在《しずか》していた。

そのあまりに巨大《きょだい》な姿を前にして、おれたちは様々な面で度肝《どぎも》を抜《ぬ》かれた。

大都市ってのはこういう所をいうのだ。大国というのは、こういう国を……。

「すげ……」

元々は白かそれに近い淡《あわ》い色合いなのだろう。整然と並んだ路《みち》も壁《かべ》も、夕陽の緋《ひ》一色に染まっている。城は都市の中央に位置し、塔《とう》の先端《せんたん》を見るために首を傾《かたむ》けると、その高さに言葉もでなくなってしまった。

城から城下へは各方角ごとに通路が走り、全ての建築物は正確な同心円状に配されている。平城京が碁盤《ごばん》の目ならば、この街は。

「なんていうか……バウムクーヘンみたいだね」

どうしてこう、おれは想像力が貧困なんだろう。

中央の尖塔《せんとう》から城下へと視線を下げてゆくと、荘厳《そうごん》な音楽が序章から響《ひび》いて、段々と大きくなる感じだ。

「泣く人も」

通詞のアチラが省略話法で言った。初めて見た人の中には、感動のあまり涙《なみだ》する者もいると言いたいのだろう。そんなに略すなよ。

あんなにはしゃいでいたのが嘘《うそ》みたいに、サラレギーの口数は少なくなった。彼なりに緊張しているのだろうか。

おれはいよいよ胃とこめかみが痛くなり、背中や首筋に嫌《いや》な汗《あせ》を感じた。悟《さと》られないように額をそっと拭《ぬぐ》う。過度のストレスで呼吸まで苦しくなりそうだ。もう痛いのが胃だかどこだか判《わか》らなくなり、右手でぎゅっと胸を掴《つか》んだ。

借り物の服の下には、鼓動《こどう》を速めた自分の心臓だけがあった。

「ユーリ？」

「あ、ああ、なに」

城の入口には、細かい彫刻《ちょうこく》を施《ほどこ》した四本の高い柱があった。滑《なめ》らかな表面に掌《てのひら》を当てると、冷たさが指を刺《さ》して肘《ひじ》まで伝わった。壁と床に使われている模様の入った石は、光る程《ほど》に磨《みが》き上げられている。薄緑《うすみどり》の斑が綺麗《きれい》だった。

これまでいくつかの屋敷《やしき》や城を見てきたが、この宮殿《きゆうでん》と比べると、豪華《ごうか》さではどれも見劣《みおと》りがした。寧《むし》ろおれたちの居た血盟城などは、無骨な砦《とりで》に思えてくる。

その宮殿の、使用人らしき多くの人々が頭を垂《こうべ》れる前で、サラレギーはおれに言った。

「こんなところで顔色を悪くしていないで」

そして綺麗な顔を歪《ゆが》めて笑った。

彼の白い頬《ほお》も、色の薄《うす》い眼鏡《めがね》の硝子《ガラス》も、華奢《きやしや》な手足もオレンジ色の逆光で染まっていた。まるで返り血を浴びたみたいに。

風邪でもなく、過度のストレスでもなく、おれは理由も判らずふらついて、低い階段を一歩踏《ふ》み外した。落ちる前にしっかりと肘を支えられる。

「……陛下」

そんなはずはない。そんなはずは。

喉《のど》に重い塊《かたまり》が詰まったようで、酸素がうまく気道を通過しない。

彼は友好的だった。これまでずっと。恐《おそ》らくこれからもずっと。

おれは何を猜疑心《さいぎしん》に囚《とら》われているのだろう。誰《だれ》かを疑いだしたらきりがないじゃないか。信じるよりも疑うほうがずっと楽だ。

「陛下」

「……どの陛下だ？」

反射的に問い返している。ウェラー卿の声だったので。

「あなたです」

言い返そうとするおれを制して、コンラッドは二段上から言葉を続けた。薄茶《うすちゃ》の瞳《ひとみ》も逆光で見えない。夕陽《ゆうひ》を呪《のろ》った。

「引き返しますか」

肘を掴んだヨザックの手に、きゅっと少しだけ力が籠《こ》もった。サラレギーはもう階段を登り切っていて、遅《おく》れをとったこちらを振《ふ》り返ろうとしている。

「ご気分が優《すぐ》れないようならば、今夜は休んで明日にしますか」

「まさか」

彼等の心配を振り切るように、おれは石段を二つ抜かして駆《か》け上がった。ここまで来て戻《もど》れるもんか。

どんな立派な相手が出てくるか、予想もつかない。それ以前に、敵なのか味方なのかも不明だ。しかもつい今しがたサラレギーに感じた猜疑心も、おれの中では治まっていなかった。だが彼だってまだ十七歳だ、生きてきた年数はそう変わらない。学んできたものが違《ちが》ったとしても、こなしたラウンドの数は同じはずだ。彼に可能なことならば、おれにだって不可能なはずはない。

入ってきやがれ、バッタボックスに。バッタ箱じゃなかった、バッターボックスだ。あらゆる策を弄《ろう》して打ち取ってやる……三振《さんしん》と言えないところが弱腰《よわごし》だが。

気分を上向けようと、残る数段はスキップで昇《のぼ》り切った。滑《すべ》って転ぼうとも構うものか。天辺《てっぺん》から振り返って見下ろすと、街は実に美しかった。完璧《かんぺき》に磨き上げられていて、規格から外れる物は何一つない。道行く人々の服装もデザインはほぼ同型で、色も二、三種類のバリエーションしかなかった。この国なら、私服は毎日ジャージ族も大手を振って過ごせそうだ。

おれが城内に視線を戻そうとした時だ。

小学校低学年くらいの男の子が、警備の手をかい潜《くぐ》って転がり出た。薄い灰色の服は丈《たけ》が短く、裸《はだか》の肘も膝《ひざ》も血の気が引いている。子供はすっと腰を屈《かが》め、手にした石で自分の足の周りに大きな六角形を描《えが》いた。数人の兵士が止める間もなく、対角線を結んでゆく。

あの模様なら知っている。おれは思わず服の上から左腕《ひだりうで》を押さえた。指の下で治りかけた引っ掻《か》き傷が疼《うず》く。神族の少女が別れ際《ぎわ》に、短い爪《つめ》で残した印だ。ベネラという謎《なぞ》の単語と共に。

その間中ずっと、子供は歌を唄《うた》っていた。少し調子外れな音程で、歌詞の解らない曲を続けている。何処《どこ》かで耳にした曲だった。覚えのある旋律《せんりつ》だ。

「聞いたことが、あるような」

「俺も知ってます」

「あ、じゃあ眞魔国の童謡《どうよう》か何かか……」

「オレは初めてですけどね」

魔族《まぞく》二人の意見が食い違う。取り押さえられてもなお、少年は声を張り上げて歌い続けた。

それにしても兵士の扱《あつか》いはあまりにも酷《ひど》い。落書きをしただけの相手に対して、三人掛《が》かりで地面に押さえ付けている。

「おい……！」

「子供は駄目《だめ》だよ！」

おれより先にサラレギーが駆け寄り、少年に優《やさ》しい手を差し出した。だが彼の垢染《あかじ》みた服や埃《ほこり》まみれの髪《かみ》を見て、手入れの行き届いた綺麗な指はすぐに引っ込められてしまう。

「なんだ、役に立たない子か」

「サラ？」

「いいんだユーリ、奴隷《どれい》の子だった」

「奴隷って……何言ってんだよサラレギー！　あんな小さな子供に暴力を振るってんだぞ⁉　よくねーよ、兵隊による暴行だろ⁉　お前等やめろッ、その子から離《はな》れ……」

警備の一人を突《つ》き飛ばそうとした時に、見物人の輪の背後から悲鳴が上がった。恐怖《きょうふ》よりは嫌悪《けんお》に近い声だ。誰かを罵《ののし》る怒声《どせい》が続く。漂《ただよ》ってきた腐臭《ふしゅう》のせいで、理由はすぐに判明した。

人垣《ひとがき》が左右に分かれると、中央には桶《おけ》を括《くく》り付けた引き車が横転していた。蓋《ふた》が開き、茶色い液体が道路に溢《あふ》れ出している。この特徴《とくちょう》ある臭《にお》いは、あれだ、液状堆肥《たいひ》というか、むのうやぐのうぼうなんがでづがう、糞《ぶん》がらづぐっだ肥《ごえ》、だろう。

鼻呼吸不可能。

女性達の悲鳴で、警備の兵士が慌《あわ》ててそちらに向かった。おれさま翻訳《ほんやく》では「どうしてこんな所に肥車が!?」だ。横倒《よこだお》しになった車の脇《わき》では、薄汚《うすよご》れたマントを頭から被《かぶ》った小柄《こがら》な人が膝をついている。住民と兵士に罵られて上げた顔は、気弱そうな老婆《ろうば》のものだった。額に掛《か》かる髪は金を過ぎて白くなっていた。かなりの高齢《こうれい》なのか、額や喉にも皺《しわ》が目立つ。

彼女は冷たい石畳《いしだたみ》に両手をついたまま、ほんの一瞬《いっしゅん》だけこちらを見た。もしかしたらおれたちを見たというよりも、偶然《ぐうぜん》視線が向いただけかもしれない。

だが、その僅《わず》かコンマ数秒で、隣《となり》にいたコンラッドは息を呑《の》んだ。思わず呼びかけた名前を抑《おさ》え、拳《こぶし》をぎゅっと握《にぎ》り締《し》めたのが判る。誰の耳にも届かない小さな声で、呆然《ぼうぜん》と呟《つぶや》く。

「そんなはずは……」

「コンラッド?」

知り合いかと訊《き》きかけたが、サラレギーが吐《は》き捨てるように口にした言葉で、おれの疑問は掻き消されてしまった。

「汚《きたな》らしい年寄り!」

ふと気付くと少年は、臭いと老婆に気を取られた兵士の隙《すき》をついて逃《に》げていた。残されたのは地面に描かれたマークだけだ。

おれの腕《うで》にあるのと同じ六角形の印は、簡略化されたダイヤモンドにも似ている。

6

話が違う。聖砂国は王制国家ではなく、帝政国家だったのか。

宮殿《きゅうでん》の奥深くへと招き入れられ、国主の謁見《えっけん》の間に通されてから、通詞のアチラはおれたちに告げた。イェルシー皇帝陛下の御出座《おでま》しまで、こちらでお待ちを？　と。

ここに至っておれは初めて、首脳会談の相手の名と、彼が王ではなく皇帝である事実を知らされたのだ。

「お、おいおい、そんなこと誰も教えてくれなかったじゃないか。だったら最初から聖砂帝国って名乗ってくれよ」

「何を弱気になってんですか、坊《ぼっ》ちゃん。王様陛下も皇帝陛下も大して変わりゃしませんってぇ。呼び方がちょぃと違うだけ。場合によっちゃ世襲《せしゅう》色が薄《うす》いとこなんか、寧《むし》ろうちの国に近いくらいですよ」

ヨザックは気楽だ。

「皇帝《こうてい》⁉」

「そのちょっとが微妙《びみょう》なんだよー」

「微妙といえばこの服ですよ」

　お仕着せの上着の布を摘《つま》んで顔を顰《しか》める。

「坊ちゃんのもです。こんなぼんやりした色、全然似合わない。グリ江にしてみれば、もっさい服で余所《よそ》の国の君主に目通りしなくちゃならないことのほうが、よっぽど重大な問題よ。ああん、もういっそ全部脱《ぬ》いでしまいたい！」

「よせよ、身悶《みもだ》えるなよ。そんなことしたら裸の王様になっちゃうだろ」

　裸の王様というと弱くて愚《おろ》かなイメージがあるが、下の部分を皇帝に入れ替《か》えただけで、傷だらけのローラっぽい格好良さを感じるのは何故《なぜ》だろう。

　もちろんアレキサンダー大王を始めとする称号・王様連合だって凄《すご》いのだが、童話に登場しすぎたせいか、一方ではにこやかな好々爺《こうこうや》の姿も想像できる。ところが皇帝と言われると、ナポレオンやらネロやらの大人物が次々と現れて、優《やさ》しそうな様子がさっぱり浮《う》かんでこない。戦争上手だったり圧政を敷《し》いたりと、あくまで恐怖の絶対権力者という先入観があるのだ。

　ペンギンだって皇帝と呼ばれていたときとキングと呼ばれていたときでは、前者の方が強そうに感じる。

　もっとも村田あたりに言わせれば、ベッケンバウアーとかプラティニとか、おれの知らない名前が幾《いく》つも挙がるだろう。どちらかは将軍だったかもしれない。

　ともあれ、おれの些細《ささい》な拘《こだわ》りをよそに、聖砂国皇帝は謁見の間へとやって来た。部屋は縦に長く、金色に塗《ぬ》られた天井《てんじょう》は、船底みたいに円《まる》くなっていた。床《ゆか》と壁《かべ》には精巧《せいこう》なモザイクで、神族の歴史が年代に沿って描かれている。踏《ふ》んではいけないお約束の画があるらしく、おれたちは全員カエルみたいに跳《は》ねながら移動させられた。泥汚《どろよご》れ厳禁の貴重な絵なら、端《はな》から床になど飾《かざ》らなければいいのに。

出座を告げる従者の声に続き、正面の緞帳《どんちょう》がゆっくりと上がる。薄絹《うすぎぬ》のカーテン一枚隔《へだ》てた向こう側に、人が入ってくる気配があった。

ストレス性の動悸《どうき》息切れ、胃痛、頭痛、胸焼けのゲージが一気に上がる。

イェルシー陛下は、薄絹のカーテンの向こうから話し掛けてきた。

「ぷすけぶ?」

何とも気の抜《ぬ》ける皇帝のお言葉だ。しかしこんな場合でも省略話法は生きている。語尾《ごび》は確実に疑問形だ。おれの超訳《ちょうやく》では「苦しうない、近う寄れ」だったが、流石《さすが》に専門家の仕事は一味違《ちが》った。

「長旅を?」

簡潔だ。

「あ、お気遣《きづか》いありがとうございます」

どう答えたものか判らずに、サラレギーをそっと窺《うかが》った。彼のほうが就任日数に於《お》いてはおれより先輩《せんぱい》である。だが若き小シマロン王は特に挨拶《あいさつ》をするでもなく、口元に微《かす》かな笑《え》みを浮かべたままだった。

ああそうか。一応こっちだって国を代表する立場なのだから、あんまり卑屈《ひくつ》な態度に出てはまずいのか。おれみたいに経験の少ない新前魔王《しんまいまおう》は、実戦で学んでいくしかない。

聖砂国皇帝は次に先程《さきほど》よりずっと長い台詞《せりふ》を口にした。あらゆる事態を野球に喩《たと》えて説明しては周囲に嫌《いや》がられてばかりいるおれだが、聞いたこともない言語の長台詞ときては、得意のベースボールロジックも役には立たない。アニシナさんご自慢《じまん》の魔動珍《まどうちん》メカを借りてくるべきだった。

「この度《たび》はお二方の訪問、非情に嬉《うれ》しく思います。ところで何か飲み物を？」

通訳が真剣《しんけん》な顔で訳すと、不意にサラレギーは両肩《りょうかた》の力を抜き、相好《そうごう》を崩《くず》した。

「ねえ、イェルシー」

白い指で髪を耳に掛ける。そんな些細な仕種《しぐさ》まで優雅《ゆうが》だ。

「イェルシー、他人行儀《ぎょうぎ》なことはやめよう。十三年ぶりの再会じゃないか」

小シマロン王サラレギーは陽気にそう言うと、呆気《あっけ》にとられる周囲の者を後目《しりめ》に、おれたちと皇帝陛下を隔てる幕に手を掛けた。

「お、お待ちください」

制止の声も聞かず、まるで自分の髪《かみ》でも払《はら》うように、淡《あわ》い緑の薄絹をさっと引く。

「ちょっと、サ……え？」

一段高い位置に設《しつら》えられた玉座には、サラレギーがもう一人座っていた。いや正確には少し違う。肩までの髪はサラより短かったし、光に弱いという口実をつけて、薄い色の眼鏡《めがね》をかけてもいなかった。それでも彼等は、よく似ているで済まされるレベルではない。

まるで双子《ふたご》だ。

「……そ……っ」

喉《のど》の途中《とちゅう》で声が嗄《か》れた。

そうだったのか！ 振《ふ》り返るとヨザックもウェラー卿《きょう》も少なからず驚《おどろ》かされた顔をしている。部屋の両脇《りょうわき》に控《ひか》えた十人以上の従者達でさえ、動揺《どうよう》の色を隠《かく》せない。表情を変えないのは年齢《ねんれい》のいった数人だけだ。

サラレギーはずっと身に着けていた眼鏡を外し、聖砂国皇帝に向かって両腕《りょううで》を開いた。

「久し振《ぶ》りだね、イェルシー。随分《ずいぶん》大きくなった。無理もない、もうお互《たが》い子供ではないのだから」

そして壇上《だんじょう》の若き国主に駆《か》け寄り、華奢《きゃしゃ》な身体《からだ》を抱擁《ほうよう》した。同じ細さの腕で。

「ずっと離《はな》れて暮らしてきたから、わたしたちはもうあまり似ていないかもしれない。ねえ、ユーリ、どうだろう」

二組の同じ眼《め》がこちらを見詰《みつ》めている。一人は感情を滲《にじ》ませず、逆にもう一人は嬉しさに満ちた様子で、黄金色の瞳《ひとみ》を輝《かがや》かせて。

「わたしたちはまだ、似ているかな」

応《こた》える余裕《よゆう》はとてもなかった。

そうだ、知っていたはずじゃないか。

神族には双子が多いのだと。

7

彼等の違いは髪の長さと服だけだった。

同じ物を着られてしまえば、きっと区別がつかないだろう。並んで座る兄弟を見ておれはそう思った。あとはどちらかといえば弟のイェルシーのほうが、より人形めいてはいるが、そんなのは誤差の範囲《はんい》内だ。彼だってきっと玉座を降りれば、喜怒哀楽《きどあいらく》も見せるに違いない。

「わたしはこの国で生まれたんだよ」

十三年ぶりに会ったという兄弟の手を握《にぎ》りながら、サラレギーは微笑《ほほえ》みかけた。イェルシーは黙《だま》って見詰《みつ》めただけだったが、当人達には充分《じゅうぶん》意思の疎通《そつう》がとれているようだ。

「小シマロンの軍隊を率いていた父は、この近海で瀕死《ひんし》の重傷を負った。それで傷を治すために滞在《たいざい》したこの国で、父と母は恋に落ちたんだ」

自分の両親の恋愛《れんあい》を語るときだけ、サラレギーが少し気恥《きは》ずかしそうな顔をした。彼にもそんな感情があったのかと、今更《いまさら》ながらにおれは驚《おどろ》いた。

「その間、小シマロンは叔父《おじ》が治めていた。けれどわたしたちが四歳になった時に、兄であるわたしには法力が殆《ほとん》どないと判《わか》ってね。この国を離《はな》れなければならなくなったんだ。あなたは知らないだろうけれど、神族の子供は強大な法力を持って生まれることが多い。殆どの場合、ごく幼い頃《ころ》に何らかの兆候が現れる。信じられないだろうけれど……」

サラレギーは肩《かた》を竦《すく》めて笑った。広いテーブルの向かいに座ったおれたちは、ただ話の続きを待っている。

「眠《ねむ》っている最中《さいちゅう》に、寝台《しんだい》ごと浮《う》かんでいたりする。力のある子供はね」

「ホラー映画みたいだな」

「魔族の子供もそんな体験があるかもしれないね。ユーリ、あなたはどう?」

両脇《りょうわき》に居る魔力皆無《かいむ》の二人は、さっぱりぽんという態度だ。そんな面白《おもしろ》現象を起こしそうなのは、アニシナさんくらいしか想像できない。もっともツェリ様クラスになれば、朝になったら何故《なぜ》か隣《となり》に格好いい男が寝《ね》ていたという、恋のミラクル魔動体験もありそうだが。

「けど、法力がなかったからって聖砂国を出て行くことはないじゃないか。あれば便利なパワーかもしれないけど、なくたって生活に支障があるわけじゃなし」

「この国ではね」

前に置かれたグラスを手にとって、サラレギーは喉《のど》を潤《うるお》した。葡萄《ぶどう》色の飲み物が透《す》けて見えるのではないかというほど、首の皮膚《ひふ》は白かった。お袋《ふくろ》にいわせると、朝食った味噌汁《みそしる》の具のワカメが……使われすぎた喩《たと》えだ。

ほぼ同じタイミングで、イェルシーもグラスの中身を飲み干す。双子《ふたご》は凄《すご》い。法力なんかなくたって、もっと別の神秘の力を持って生まれている気がする。

なみなみと注《つ》がれている液体が何なのかは知らない。皇帝《こうてい》が好む上等なワインかもしれないが、おれは口にしていない。

「この国ではね、法術を使えない者は神族にあらざるとされるんだ。わたしたちの祖先の最初の一人は、神の血を授《さず》かって生まれた。だから神々のお使いになる法術を操《あやつ》れぬ者は、正しき神族ではないと蔑《さげす》まれるんだ」

どこか他人事のようにサラレギーは淡々《たんたん》と続けた。

「どんなに身分の高い家の者でも例外はない。この国で法力を持たないのは奴隷《どれい》だけだ。逆に奴隷から生まれた赤子であっても、強い力を持っていれば準市民として扱《あつか》われ、国に尽くせば正規の軍隊や役人にも登用される。そこに立っている通訳だって」

いきなり指差されて、通詞は跳《は》ね上がりそうになった。白黴状《しろかび》の髭《ひげ》が逆立っている。

「異国の言葉を翻訳《ほんやく》する力を持って生まれてきたんだよ」

「え!? それって単なる語学に強い人なのでは……」

なんだかアニシナさんに近いものを感じる。

「けれど幼児の頃のわたしには、殆ど法力がなかった。母はその事実を知った途端《とたん》、わたしの存在を無いものとしたんだ。厳しい女性だからね、あのままこの国にいたらわたしはきっと、奴隷達の暮らす集団に追いやられていただろう。そうだ、母上はお元気?」

きゅっと指を握《にぎ》って問いかけられ、イェルシーは小さく首を振《ふ》った。唇《くちびる》が動いているのは見えるが、声はここまで届かない。

「そう、お加減があまり……。わたしが来たと告げてももうお判りにならないだろうね。あの人の中には、もう一人の息子《むすこ》は存在しないのだし」

「実の親子なのに⁉」

そんな薄情《はくじょう》な話があるものか。思わず訊き返したおれに、サラレギーは平然と答えた。

「そうだよ」

あってもなくてもいいような超《ちょう》能力を持たないだけで、自分の子供じゃないとまで言われてしまうなんて。なんとも理不尽《りふじん》な社会だ。確かにおれも「ママの息子なんだからモテないはずがない」とは嘆《なげ》かれるが、ニュアンスが違《ちが》う、ニュアンスが。

「けどな、サラレギー。きみが聖砂国の生まれだなんて、おれに一言も教えてくれなかっただろ。それどころじゃない、小シマロンでした話し合いでは、国も、自分自身も、聖砂国と接《せっ》触《しょく》するのは初めてだと言わんばかりだったじゃないか」

彼は長い旅の間ずっと、おれに嘘《うそ》をついていたことになる。

「嘘ではないよユーリ。幼い頃のことだから、わたし自身は覚えていないんだ」

「だからって、十三年間一度も連絡《れんらく》取らないはずはないだろう。双子の兄弟がさ、一方は父親の国の王子様で、一方は母親の国の王子様だぞ？　国交が無かったのは本当だとしても、白鳩《しろはと》の一羽くらい飛ばすだろう」

「飛ばしたよ。わたしが即位《そくい》してからだけど」

「じゃあその間、聖砂国は本当にずっと鎖国《さこく》状態だったわけか？　あのなあサラ、そうやって嘘ばっかついてると、ハイエナ少年になっちまうぞ」

ウェラー卿《きょう》が脇腹《わきばら》をそっと小突《こづ》いて囁《ささや》いた。

「オオカミ」

「あれ、そうだっけ？　ハイエナじゃなかったっけ」

「ハイエナさんは好きよん、でもゾウさんはもっと好きよぉん」

「そうだ、ゾウだった。嘘ばっかついてっと鼻が伸《の》びるからな！　伸びてから後悔《こうかい》しても遅《おそ》いぞ？」

両隣《りょうどなり》の二人ががっくりと顔を掌《てのひら》で覆《おお》った。

「……それはまた別の話です」

「仲がいいねえ」

トリオ漫才《まんざい》気味のおれたちを、サラレギーは薄《うす》く笑っている。それにしても彼等《ら》は外見と中身のギャップがある兄弟だ。明け透けで積極的な兄に対して、弟はとても内向的に見える。イェルシーの大人しさときたら、おれの十六年間の「皇帝観」が、音を立てて崩《くず》れてしまった程《ほど》だ。その物静かな弟が、唐突《とうとつ》に口を開いた。

「……ほんとう……」

「え、きみ、言葉が」

驚いた。イェルシーには例の翻訳法術が使えるのだ。異文化について勉強しただけのような気もするが。彼は顎《あご》を上げておれたちを正面から見た。黄金の瞳《ひとみ》がずっと色を濃《こ》くする。

「手紙、なかった。二年前まで。鎖国、今も」

「言ったとおり、母は厳しい人だ。愛した相手が恋《こい》しくても、個人の感情のために国同士の行き来を望んだりしない」

うちの前女王とは正反対のタイプだ。きっと話が合わないだろうな。

おれは前に置かれた足つきのグラスにそっと触《ふ》れた。表面が水滴《すいてき》で濡《ぬ》れている。外はあんなに寒いのに、宮殿《きゅうでん》の中は贅沢《ぜいたく》な暖かさだ。

「おれには解らないよ、サラレギー……っと、弟さんは皇帝陛下と呼ぶべきなのかな」

「どう呼んでも気分を悪くはしないと思うよ。共通語の全《すべ》てを理解するわけではないから」

そう言われても、親しくなっていない相手を、いきなり呼び捨てにするのは難しい。

「とりあえず同年代だから君《くん》を付けておこうかな。でな、おれにはどうしても解らないんだよ、イェルシー君。聖砂国はどうして鎖国を続けてるんだろう？　違う国の人間同士なのに、ご両親は結婚《けっこん》したんだろ？　絶好の機会だったんじゃないか？」

弟の答えを聞いてから、サラレギーが言い直した。

「得《う》る必要も、与《あた》える必要もなかったからだそうだよ。この国はこの国だけで充分《じゆうぶん》だった。満ち足りていたんだ」

「……でも、変わる」

兄の言葉を追うようにイェルシーは答えた。ほんの数語の短い台詞《せりふ》なのに、強い決意が窺《うかが》える。

「もう母の時代ではない」

「そうだよイェルシー、これからはわたしたちの時代なんだ」

双子の兄弟は軽く肩を抱《だ》き合った。

「わたしと、お前の時代だよ。父上にも母上にももう手出しはさせない。小シマロンと聖砂国の時代が来るんだ。今はまだ大シマロンの陰《かげ》にいるけれど、わたしとお前が力を合わせれば、そのときはすぐに訪《おとず》れる」

弟は兄の言うままに頷《うなず》いている。

まるで戯《たわむ》れるクローンを見ているようで、おれは奇妙《きみよう》な感覚に囚《とら》われた。彼等は本当に二人なのだろうか。サラレギーの前には巨大《きよだい》な鏡があるばかりで、二人のうち片方は厚みも温《ぬく》もりも持たない虚像《きよぞう》であり、残るのはどちらか一人だけなのではないか。

「見て」

ついと立ち上がった弟は、兄の手を引いて部屋を横切った。大きな窓を開け放ち、庭を見下ろすバルコニーに出る。つられて覗《のぞ》いたおれたちの目にも、広場に押し掛《か》けた武装集団が飛び込んできた。

重装備の兵士達だ。千や二千では済まない。列は広い中庭を越《こ》え、門の向こうまで続いていた。銀の鎧《よろい》と抜《ぬ》き身の刃《やいば》が、沈《しず》みかけた太陽に照らされて真っ赤に輝《かがや》いている。血の色に似ていた。

一同は姿を現した皇帝陛下に沸《わ》き返り、剣《けん》、槍《やり》、盾《たて》などあらゆる金属を打ち付けて、彼等の主君を褒《ほ》め称《たた》える言葉を叫《さけ》んだ。

イェルシー、デ、ユビノマタ！

イェルシー、デ、ユビノマタ！

地鳴りと熱気に気圧《けお》されてふらつく。

「ご、ごめん。おれ、指の股《また》としか聞こえねーや」

そんなコールでは感動も薄れがちだろう。

「未知の言語ってそういうものですよ」

外国慣れしたヨザックに背中を叩《たた》かれた。

「指の股程度で良かったじゃないですか、坊《ぼっ》ちゃん」

「そうだよな、普通《ふつう》に人前《ひとまえ》で喋《しゃべ》れるもんな」

イェルシーは興奮に頬《ほお》を紅潮させ、夢中で群衆に手を振っている。その様子を誇《ほこ》らしげに見守りながら、サラレギーは首だけをこちらに向けた。

「大シマロンに報告する事実が増えたね、ウェラー卿」

名前を呼ばれた大シマロンの使者は、黙《だま》って次の言葉を待っている。

「ベラール二世に告げるといい。小シマロンは聖砂国と手を結び、膨大《ぼうだい》な戦力を得るに至ったと。告げられるものならね」

彼は皇帝《こうてい》の手首を摑《つか》み、強引《ごういん》に部屋の中へと連れ戻《もど》した。窓の外ではイェルシー・コールが続いている。当分終わる気配はない。

「そして小シマロンは眞魔国とも交渉《こうしょう》を持ち、魔族《まぞく》との間にも条約を締結《ていけつ》したと。伝えられるものならね！　ユーリ」

「うわ。あ、はあ、はい」

ついつい雰囲気《ふんいき》に吞《の》まれてしまった。情けない返事になってしまう。

最初に会った時そのままの笑顔《えがお》で、サラレギーはテーブルに手をついた。白く細い指の下には、淡《あわ》い水色の紙がある。

「小シマロン王サラレギーとして、眞魔国第二十七代魔王陛下と講和条約を結びたい」

兄弟は身長まで等しく、並んで立つと同じ高さに顔があった。兄は唇に極上《ごくじょう》の笑みを浮《う》かべ、弟は真剣《しんけん》な面持《おもも》ちで、おれと卓上《たくじょう》の用紙とを交互《こうご》に見比べている。ああ、本当に二人存在するのだと、反対の態度をとってもらってやっと実感する。

細かい文字を読むためだろうか、室内なのにサラはいつもの眼鏡《めがね》を掛けた。薄い色の硝子《ガラス》に覆われて、瞳の色は判《わか》らなくなる。

「小シマロンは、魔族との関係悪化をよしとしない。互《たが》いの領土に干渉《かんしょう》しない限り、半永久的に平和を望んでいるんだ。この想《おも》いを受け取ってもらえるだろうか」

「それは……願ってもない事態だよ」

もしそれがサラレギーの真意なら、おれの目的にど真ん中ストライク状態だ。

真意なら。

「ではここに調印のための署名を」

サラレギーは細かい文字の書かれた書面を上から下まで辿《たど》り、最終的に一番下の空間で形良い爪《つめ》を止めた。

「では、わたしから」

存在さえ気付かなかった従者の一人が、恭《うやうや》しく筆記具を差し出した。供物でも捧《ささ》げ持つように、揃《そろ》えた両掌にペンが一本だけ載《の》っている。サラはそれを受け取り、人払《ひとばら》いを命じてから、テーブルにグラスを叩き付け、砕《くだ》けた硝子片《へん》で躊躇《ためら》いもなく小指を切った。

膨《ふく》れあがる血の雫《しずく》に尖《とが》ったペン先を浸《ひた》し、淀《よど》みのない筆跡《ひっせき》で署名をする。そして名前の最後の一文字に被《かぶ》せて、指先の血を擦《なす》り付けた。暗い赤が掠《かす》れて残った。

「さあ、ユーリ」

「……ああ、少し待っ」

「早計です」

ウェラー卿《きょう》が口を挟《はさ》んだ。小シマロンの宗主国《そうしゅこく》である大シマロンとしては、勝手な講和は困るのだろう。

「サラレギー陛下、内容を確かめる時間も、熟考する期間も与えぬ調印の強要は、後々無効を申し立てられる原因にもなりましょう」

「必死だね、ウェラー卿」

小シマロンの国主は思わず失笑《しっしょう》し、ペンと書状をおれの方に押し遣《や》った。

「自分が止めればユーリは署名しないとでも思っているの？」

何事かを含《ふく》んだ物言いで、サラレギーはウェラー卿を制した。彼も船上での一件を見ていたのだ。おれはペンを握《にぎ》ろうとしたが、焦《あせ》っているのか二度も失敗した。

「いや違《ちが》うよ、誰《だれ》かに止められてやめるんじゃない。誰に止められようとするときはするし、納得《なっとく》しなかったら名前は書かない。けどちょっと、ちょっと待ってくれ、いま読むから。まず内容を確かめないとな。常識外れなこと書いてあったら困るだろ？」

これはスコアブックの一ページや、明日の試合のメンバー表などではない。一国の命運に関《かか》わる重要な文書だ。ゆっくり時間をかけて熟読しなくてはならない。何なら夜中《じゅう》かけてもいい。

だが細かな文字を追い始めた視線は、すぐに止まってしまった。

「陛下？」

不審《ふしん》に思ったヨザックが覗き込む。

「参ったな……聖砂国の文字で書かれてるんだよ」

目の前に並んでいるのは見慣れない形の活字だった。我々の使う共通語の書体をアレンジしただけなら、単語を拾い読むこともできる。だがこの、羽ばたく鳥の連続写真をシンプルな線だけで表したような、ある種独特の書き文字は、翻訳《ほんやく》魔術を持たないおれにとって、解読するまでにかなりの時間を要するだろう。助けて、アニシナさん。

「読めるわけがない。どうして我々が普段《ふだん》用いる言語ではなく、この地だけに通じる言葉を使ったんだ？」

「両者の講和で利害関係の生じない聖砂国に、第三国として立ち会ってもらうためだよ。だからわたしが草案を練り、この国で書面にさせた。証人として聖砂国皇帝イェルシーが読めるように、この国の言語で記されている。あなたが通訳を連れてこないのは計算外だったが、あんな突発《とっぱつ》的な事態の後だ、仕方がないよね。もし良かったら、わたしが読み上げようか？」

「と、取り敢《あ》えず概要《がいよう》を頼《たの》むよ。その後で辞書借りて挑戦《ちょうせん》する」

おれは右手でこめかみを押さえた。早くも頭の痛みが強まっている。その様子に呆《あき》れたのか、サラレギーは小さく笑い声を漏《も》らした後に、文書の内容をまとめ始めた。

「大筋はこうなってる。小シマロンと眞魔国は常に対等な関係にあり、両者の間に立場の差はない……」

ガタン、と椅子《いす》の倒《たお》れる音がした。全員の視線が集中した先では、若き皇帝イェルシーが白い顔からいっそう血の気をなくして立ち尽《つ》くしている。

「うそ」

「イェルシー？」

握り締めた拳《こぶし》と唇《くちびる》が震《ふる》えていた。

「……うそ……サラ、シマロンが魔族を……し、従わせる決まりだって……言った」

「イェルシー、それは違う！」

「だって」

「おい何の話だ、サラ」

弟は兄の制止を振《ふ》り切り、上半身を折って紙を奪《うば》おうと手を伸《の》ばした。腹部がぶつかった衝《しょう》撃《げき》でグラスが倒れ、中の液体がテーブルクロスに流れ出す。薄《うす》水色の紙の端《はし》を濡《ぬ》らし、急速に浸食《しんしょく》を開始した。

「だって、サラの国が一番になるのだって、そのための……あっ」

イェルシーの手が文書に届く前に、彼はバランスを崩《くず》して床《ゆか》に膝《ひざ》をついた。左頬を押さえ、信じられないという眼《め》で兄を見上げている。サラレギーが弟を叩《たた》いたのだ。彼はすぐに跪《ひざまず》き、震える肩《かた》に掌《てのひら》を載《の》せた。赤くなった頰に手を重ね、そっと撫《な》でてやる。

「お前が憎《にく》くて叩いたのではないよイェルシー。どうか兄を許しておくれ。わたしはお前の純《じゅん》粋《すい》さが怖《こわ》いんだ。そのせいでやっと会えた弟を失いそうで、恐《おそ》ろしいんだよ」

低い声で繰《く》り返し、自分よりずっと気持ちの真っ直《す》ぐな兄弟を宥《なだ》めている。弟は兄の言葉に納得したらしく、小さく何回も頷《うなず》いた。

「怒《おこ》ったり、しない」

「よかった」

両手も脇《わき》に垂らし、もう顔に当ててはいない。可哀想《かわいそう》に。痛みよりもショックが大きかったのだろう。

だがこれで、書面の内容がはっきりした。皇帝陛下には感謝しなければなるまい。

「サラ」

「わたしを憎まないで、イェルシー」

恋人《こいびと》同士の間に割り込むみたいに、ヨザックがわざとらしい咳払《せきばら》いをした。

「いっこ言っておこうかな」

あんまり内輪の兄弟喧嘩《げんか》見せられても困るしと前置きしてから、お庭番は異文化についての講釈《こうしゃく》を少しした。

「あんたら、自分達が神族だったことに感謝しな。魔族《まぞく》だったら双子《ふたご》の兄弟で求婚《きゅうこん》っつー、どっかの神話みたいな泥沼《どろぬま》になっちゃうとこだぜ、って……あーあ、皮肉も通じねえ」

神族の兄弟達はこちらになどお構いなしだ。庇《かば》い合う仲睦《なかむつ》まじい二人を見下ろして、おれは意識して口調を厳しくした。

「サラレギー、この署名の上には何が書いてある？」

摑《つか》んだ紙は表面が滑《なめ》らかで、この世界の物にしては良質だった。条約の締結《ていけつ》に使うくらいだから、かなり上等な品のはずだ。だが右隅《みぎすみ》から真ん中にかけて薄紫《うすむらさき》の染《し》みができている。

「答えられないのか、サラレギー」

小シマロン王の署名が、滲《にじ》んで判別できなくなっていた。

「ユーリ、この子の言ったことは嘘《うそ》だ。イェルシーは外交に関して初心者だから、一案前の草稿《そうこう》で読んだ文章と、決定稿《けっていこう》とを勘違《かんちが》いしているんだ」

「ふざけるなよ」

「巫山戯《ふざけ》てなどいないよ、本当だ。この条約には……」

「本当のことなんか何一つないんだろ⁉」

白い指がテーブルクロスをぎゅっと摑んだ。花弁みたいな美しい形だった唇が、感情的に歪《ゆが》んでいる。眇《すが》められた瞳《ひとみ》の色は、薄い硝子で隠《かく》されて見えない。おれはこの整った容姿と、同年代で大国の王として頑張《がんば》っている健気《けなげ》な様子に、すっかり騙《だま》されたってわけか。もっともそれも今から考えてみると、全《すべ》て芝居《しばい》だったのかもしれない。

裏切られたわけじゃない、騙されたんだ。

おれが馬鹿《ばか》だったから。

「どんな手段を使ったのかは知らないが、兄弟で示し合わせて自分達ばかりが優位に立てる条約を結ばせようとしたんだな。魔族の王が新前《しんまい》で愚《おろ》かだと知っていて。ああ、おれは確かに素人《しろ》同然《うと》で賢《かしこ》くはないが、こんな簡単な策略に引っ掛《か》かるとまで舐《な》められてたかと思うと、情けなくて涙《なみだ》がでるね！」

背後で、恐らくヨザックが、剣《けん》の柄《つか》を鳴らす音がした。最初の威嚇《いかく》だ。

「だが、生憎《あいにく》だったなサラレギー。たとえお前の計画が成功して、おれがうっかりその染みの下に名前を書いちゃったとしても、眞魔国はそんな馬鹿《ばか》げた条約には従わない。国に還《かえ》ればおれなんかよりずっと優秀《ゆうしゅう》な人達が、いくらでも跡《あと》を継《つ》いでくれるんだからな」

「それはそれで構わないんだよ、ユーリ」

サラレギーは顎《あご》を上げ、腰《こし》に手を当てて斜《なな》めに立った。口元には不遜《ふそん》な笑《え》みが浮《う》かんでいる。これまでの可憐《かれん》さはどこにもない。眼前にいるのは、不貞不貞《ふてぶて》しく物事に動じない、国の主として世慣れた男だ。まだ十代だというのに、今の笑顔からは老獪《ろうかい》ささえ感じられる。

「ご自慢《じまん》の臣下の皆《みな》さんが、講和を破っても構わない。それを理由に宣戦できるからね。内容を不服としてそちらから仕掛《しか》けてくれれば、なお好都合だ。他国に何ら非難されることなく、戦《いくさ》に持ち込める。そうなったらこちらのものだ」

「お前……っ」

「もう父の代のようなヘマはしない。中途半端《ちゅうとはんぱ》な和平など結ばないね。わたしなら完膚《かんぷ》無きまでに叩きのめす。二度と立ち上がれないように、復興など到底《とうてい》不可能なところまで」

腹の底が熱くなった。怒《いか》りで腑《はらわた》が煮《に》えくり返るようだ。急変したサラレギーに対してだけではない。こんな奴《やつ》の口車に乗せられていた自分自身への悔《くや》しさだ。声が自然に低くなる。

「お前の計画では、おれはどうなる予定だったんだ？」

王と女王を親に持つ少年は、躊躇《ちゅうちょ》もなく暗い単語を口にした。

「死ぬ予定だったよ」

さらりとそう言い放って、おれの手から文書を取り戻《もど》す。改めて読み返し、頓挫《とんざ》した計画を惜《お》しむ。だがその様子さえどこか楽しげだ。

「調印後、あなたは不慮《ふりょ》の事故で命を落とす筋書きだったんだ。最初はね。周囲の海はあの荒《あ》れようだ、何の不思議もない。でも気が変わった。一緒《いっしょ》に旅をしていて、魔王というのはとても面白《おもしろ》い存在だと知ったからね。だから亡《な》くなったことにして、ずっと此処《ここ》に留《とど》めておこうと思っていたのに」

彼は、あーあ、と気の抜《ぬ》けた息を吐《は》いた。

「飼っておこうと思ったのにな」

まるで本音みたいに聞こえるが、相手は全てを嘘で固めている男だ。恐らく彼の言葉に真実などない。

「死んだと思われれば前に話したとおり、臣下の者か次の王が、戦へと突《つ》き進んでくれるだろう。もし情報が漏れて生きていると知れれば、格好の人質《ひとじち》になる」

「残念だったな、サラレギー。おれは殺されも囚《とら》われもしないよ」

小シマロン王は奸計《かんけい》に酔《よ》ったような顔で、こちらにすっと腕《うで》を伸ばした。手入れの行き届いた桜色の爪《つめ》が、おれの頰《ほお》から顎を辿《たど》る。

「今からでも遅《おそ》くはないよ、ユーリ。計画を知ってしまってからでも。わたしと組む気はない？　あなたが条約に調印して、生きて眞魔国に戻り、魔族の皆さんを説得すればいい。そうすればあなたの望む平和も維持《いじ》され、同時にあなた自身には世界の覇権《はけん》の一部が手に入る。どう？　悪くはない話でしょう」

「小シマロンの属国になれと？」

「そう。小シマロンばかりじゃない、ご覧のように聖砂国も、わたしのものだ。この国の力を知っているかい？　人も、法石も存分にある。兵士にも兵器にも事欠かない。民《たみ》の大半は優秀《ゆうしゅう》な法術使いだ。普段《ふだん》は役に立たない奴隷《どれい》だって、訓練して剣を持たせれば、捨て石にくらいはなるだろう。この国は存在自体が宝なんだよ、ユーリ」

床に膝をついたままのイェルシーが表情を明るくした。理解できる単語を組み合わせていて、自国が褒《ほ》められていると誤解したのだろう。言葉が完全に通じていれば、彼だって兄の発言に失望しただろうに。

「あなたは勿論《もちろん》、魔王のままでいればいいし、同時に世界で二番目の大国の王にもなる。望むならシマロン領のうち、ヴィーア三島や、あの目障《めざわ》りなヒスクライフの土地も譲《ゆず》ろう。三国が手を結んだと知れば、大シマロンといえども、手出しはできない。まさにわたしたちの時代がやってくるんだよ。誰《だれ》も傷つかない、わたしたちの時代だ」

「おれたちじゃない」

背骨の一番下の方がチリッと熱くなった。鼓動《こどう》のリズムに合わせて耳鳴りがする。

「夢見てんのはお前だけだろ、サラレギー」

この男に友情を感じたのは、もうずっと昔のことのように思えた。それも全てまやかしだった。友情なんかじゃない。

「残念だな。そういう提案は本来、魔王が勇者に持ち掛けるのが普通《ふつう》だよ。どんなゲームでもそうだ。パターン化されてるんだ。何故《なぜ》だか判《わか》るか？」

おれは顎に添《そ》えられていたサラレギーの指を叩き落とした。

「そのほうが面白いからさ」

背後でまた、柄と鞘《さや》がカチンと当たった。二度目の威嚇だ。

「お前の筋書きは面白くないな、サラレギー。自分中心過ぎるんだ。おれは降りさせてもらうよ、小シマロンのゲームには付いて行けない」

　今度の威嚇でやっとサラは指を鳴らし、広い室内に従者と警備を呼んだ。武装していない者も含《ふく》めて、ほんの十人程《ほど》だ。この数ならヨザックの敵ではないだろう。ウェラー卿《きょう》さえ向こうに加勢しなければ。それと、おれが怒《いか》りをコントロールできずに、泣き喚《わめ》く幼児みたいに暴走しなければ。

　最も危険なのはそれだ。丹田《たんでん》の辺りに奇妙《きみょう》な疼《うず》きがある。これが背筋を駆《か》け上《のぼ》って脳まで支配する前に、どうにか自力で鎮《しず》めなければならない。深く息を吸い、集まったエネルギーを逃《に》がそうと試みる。

「もちろん、こんな戦力できみたちを打ち据《す》えられるなどとは思っていない。でも、恐ろしく腕の立つ護衛の武器も預《あず》からずに同席させたんだ。それなりの対策を講じておくのが当然だろう？」

　少年王は振《ふ》り返り、膝《ひざ》をついたままだった弟にこの上もなく温かい笑顔を向けた。手を貸して立たせ、優《やさ》しい声で名前を呼ぶ。

「イェルシー」

　そして何事かを、おれたちには理解できない言語で命じた。

「この子は優秀な法術使いだ。法力を持っていたから、母上の跡継ぎとして認められたのだからね。法石を意のままに操《あやつ》ることなど、赤ん坊《ぼう》の頃《ころ》にはもう修得していた」

途端《とたん》に、右手の小指に激痛が走った。根元から引きちぎられそうだ。

「なに……」

「陛下!?」

ヨザックとコンラッドの声を聞きながら、がくりと膝をつく。立っていられない。握《にぎ》り締《し》めた指の間を恐《おそ》る恐る覗《のぞ》くと、右の小指に填《はま》った薄紅《うすべに》色の指輪が、微《かす》かに光を発していた。明るさよりも遥《はる》かに熱が強い。

食いしばった歯の間から、堪《こら》えきれない悲鳴が漏《も》れた。

「陛下！　それを早く」

小指と薬指を一緒《いっしょ》に握ったまま、おれは痛む場所を抱《かか》え込むように背を丸くした。目の奥、眼球の裏側が熱い。涙が滲《にじ》んだ。叫《さけ》んでしまったほうが楽ですと、耳の傍《そば》で誰かが言った。それがコンラッドとヨザックのどちらなのか、もう判断できない。

「忘れたの、ユーリ？　わたしたちは友達だったはずだ。だから指輪と首飾《くびかざ》りを交換《こうかん》したよね。わたしの生き別れの母の法石と、あなたの魔石《ませき》をね。それはわたしを蔑《さげす》み亡《な》き者として扱《あつか》った、立派な母の指輪だよ。どう考えてもこちらの魔石のほうが、ずっと価値が高く見える」

サラレギーは青い魔石を首から外し、絡《から》んだ髪《かみ》を丁寧《ていねい》に解《ほど》いて目の高さにぶら下げた。

「美しいね。紋章らしき細工が施《ほどこ》されている」

両膝《りょうひざ》の前に、自分の涙が幾筋《いくすじ》も落ちた。

「でももう要《い》らないかな」

玩具《おもちゃ》に飽《あ》きた子供がするように、彼は石を紐《ひも》ごと投げ捨てた。昇《のぼ》ったばかりの月を反射して、ちらりと光ってから窓の外に落ちてゆく。おれは絶望的な気持ちでそれを見送った。長いこと自分の胸にあった石が、姿を消すのを目で追っていた。

「あなたも早く外してしまえばいいのに。遠慮《えんりょ》することはない」

「……どう……やって……」

いくら抜こうと引っ張っても、珊瑚《さんご》に似た石の指輪は、小指にぎっちりと食い込んで動かなかった。周囲の皮膚《ひふ》が破れて血が滲む。それを知っていながらサラレギーは笑う。

「簡単な話さ、指ごと切り落としてしまえばいい」

いっそそうしようとさえ思い、視界に入ったコンラッドの剣《けん》を摑《つか》みかけた。だがすぐに腕を摑まれ、断念せざるを得ない。

「駄目《だめ》です！」

聞く余裕《よゆう》もなく首を巡《めぐ》らし、背中に腕を回しているヨザックの脇差《わきざし》に手を掛《か》けた。彼は止めない。その代わりにサラレギーに向かって怒鳴《どな》るよう確かめている。

「その皇帝《こうてい》サマがやってるのか、そいつがこの石に法術を使ってんのか⁉」

兄に命じられたとおりにしているイェルシーは、悪びれた様子もなくおれに近付いてきた。苦しんでいるのが不思議でならない様子だ。サラレギーそっくりの仕種《しぐさ》で髪を耳に掛け、その指先が、怪訝《けげん》そうにおれの肩《かた》に触《ふ》れる。痛みが増す中、爪の色まで同じだと妙《みょう》なことに感心した。

自分でも信じられないような素早《すばや》さで身を起こし、ヨザックの腰《こし》から剣を抜《ぬ》いた。切っ先をイェルシーの喉《のど》に突きつける。そうされてもなお、彼は理由が判らないという顔をしている。武器の怖《こわ》さを知らない幼児のようだ。

「彼を殺すというの？　ユーリ、優しいあなたが？」

サラレギーの言葉に、少数しかいない聖砂国の警護が一斉《いっせい》に剣を構えた。そんなことどうでもいい。コンラッドがどうにかしてくれる。

「陛下、オレがやる」

「いや、だめだ……いけないよ」

首を振った。何度も首を横に振った。ヨザックにではなく、自分の欲求に対して。彼はこの国の皇帝だ。ここで事を起こしてどうする!?

「やめろ」

叫ぶと同時に自分も剣を投げ捨てた。彼を殺せばこの痛みから解放される、その誘惑《ゆうわく》を断《た》ち切るには、恐ろしい努力が必要だった。緊迫《きんぱく》した空気に重い金属音が響《ひび》く。

「殺す……な……」

もう一度、自分自身に命じてから、おれは寄り掛かる物がないままにふらりとよろめき、そのまま数歩後退《あとずさ》った。

「陛下！」

背中に壁《かべ》はなかった。辛《かろ》うじて触れたバルコニーの手摺《てすり》は丸く太く、痛みに灼《や》かれた手では掴みきれない。ここは何階だったろうかと瞬時《しゅんじ》に考えるが、答えより先に身体《からだ》は宙に投げだされていた。

もう痛みはない。

あの時のように落ちてゆくだけだ。

8

喉と眼球の奥がまだ痛かった。

インフルエンザなんかで熱が高くなる直前に、眼圧が上がってこういう症状《しょうじょう》になる。母親の話では白目は充血《じゅうけつ》して毛細血管が浮《う》き、煙《けむり》を浴びた後みたいに涙《なみだ》ぐんでいるらしい。当然、開こうとすると猛烈《もうれつ》に痛む。でも今は、ずっと閉じているわけにはいかなかった。このまま瞼《まぶた》を下ろしていれば、きっともう一度眠《ねむ》ってしまう。

おれは意を決して両眼《りょうめ》を開けた。

真っ暗だった。しかも異様に天井《てんじょう》が低いらしく、息苦しい。

右手は痺《しび》れだけが残っていて、指を動かそうとしても感覚が掴めない。自分の腕《うで》ではないような感じだ。やっとのことで持ち上げると、すぐに板にぶつかってしまった。関節が軋《きし》んで悲鳴をあげる。だが、骨には異常がないようだ。折れていたら一ミリたりとも動かせないだろう。不幸中の幸いだ。

「気がつきましたか」

動く気配を察したのか、すぐ隣《となり》から囁《ささや》く声があった。やけに窮屈《きゅうくつ》でしかも温かいと思ったら、人の身体がくっついていた。恐ろしく狭《せま》い場所に二人して閉じ込められているようだ。

「……コンラッド?」

「はい」

「……ここはどこだろ」

「棺桶《かんおけ》の中です」

「しまったー、おれ死んだんだー」

「違《ちが》いますよ」

声を堪《こら》えて笑うと、腹筋が震《ふる》える。肘《ひじ》が当たっているのですぐ判《わか》った。

「どうりで天井が低いわけだよ。しかもあんたまで一緒《いっしょ》ってどういうこと? 世の中棺桶不足なのか?」

「だから違いますよ、死んでません」

だったら何故《なぜ》、棺桶……言い掛けておれは後頭部を強《したた》かに打った。おれたちを詰《つ》めた箱が大きく揺《ゆ》れたのだ。運ばれている最中《さいちゅう》なのだろう。危《あや》うく舌を噛《か》みそうになる。

「なんれこれ、ゆれて」

「静かに」

分厚い板越《ご》しに人の会話が聞こえた。聖砂国の言葉だ。威張《いば》り散らした強い語調の男が、もう一人を一方的に責め立てている。

「恐らく巡回中《じゅんかい》の役人でしょう。荷改めがあるかもしれません。もし開けられたら全力で死んだふりをしてください」

「よし判った、全力でだな。おいおい違うだろ、そんなこと言ったってシングルん中に二人入ってたら、どう考えても怪《あや》しいだろ」

「手前の箱はヨザックの個室だから大丈夫《だいじょうぶ》。しっ、黙《だま》って」

分厚い布が擦《こす》れる音と、蝶番《ちょうつがい》の軋む音がした。ヨザックがいるという手前の棺桶を開けているのだ。頑張《がんば》れ、グリ江。

静かにしていなければならないときに限ってくしゃみがしたくなるもんだが、幸いにもおれは鼻炎《びえん》持ちではなく、狭い空間の中には蝿《はえ》も蚊《か》も飛んでこなかった。ところが困ったことに吃逆《しゃっくり》が喉元《のどもと》までこみ上げてきた。手で押さえようにも、生憎《あいにく》両方とも動かせない。もう一秒も我慢《まん》できないという瞬間《しゅんかん》に、自分のものではない掌《てのひら》が喉と口に当てられた。その冷たさで衝動《しょうどう》は治まる。

そのまま息を潜《ひそ》めていると、やがて隣の棺桶が乱暴に閉じられて、荷台の布が元どおり掛けられた。外からは奇妙《きみょう》な泣き声が聞こえてくる。荷改めをした役人が、箱の中の遺体を見て吐《は》いているのだと判ったら、今度は吃逆《しゃっくり》に変わって笑いがこみ上げてきた。

しかも男が見たのは、死体の演技をしていたヨザックだ。どんな苦悶《くもん》の表情で棺桶に収まっていたのだろう。グリ江ちゃんは真の女優だ。

しばらく待つと荷馬車がゆっくりと動きだし、おれたちは同時に長い息をついた。

「よかった、やり過ごしたらしい」

「だいたい何でこんなことになってるんだ、おれはどうして箱詰《はこづめ》に……落ちたんだっけ、バルコニーから」

最後の記憶《きおく》が甦《よみがえ》ると、芋蔓《いもづる》式に全《すべ》てを思い出した。ウェラー卿《きょう》と親しい口をきける状況《じょうきょう》ではないことまで。

「……それにしてもあの窓から石畳《いしだたみ》の中庭に転落して無傷って、恐《おそ》ろしく強運だったんだな」

「あなたは荷車の上に落ちたんですよ。高く積み上げた干し草の上にね」

なんだ、九死に一生スペシャルではなかったのか。

「俺とグリエも後を追って飛び降りたんです。幸い城の兵士より先にあなたを見つけたんですが、逃《に》げ場がなくて」

おれたちを積んだ車が揺れた。デコボコ道をかなりのスピードで走っているようだ。

「そうしたら、たまたま袖《そで》が捲《まく》れていたあなたの腕の……どうしたんですか、それは。知らない間に粋《いき》がって刺青《いれずみ》でもしようとしてたんですか？」

「まさか！」

コンラッドの話では、おれの左腕の引っ掻《か》き傷を目撃《もくげき》した荷馬車の主が、人目に付かない場所まで干し草ごと運んでくれたらしい。今度はその地点で待ち受けていた葬儀《そうぎ》屋が役目を引き継《つ》ぎ、遺体の運搬《うんぱん》に見せ掛《か》けて、街外れの墓地まで乗せてくれているのだという。

あの六角形の印は何かのパスポート代わりだったのだろうか。そんな意外な効能があるとは思わなかった。少女はベネラの名前を伝えながら、短い爪《つめ》で一生懸命《けんめい》描《か》いてくれたのだ。そういえばあの形は、大胆《だいたん》に略したダイヤモンドにも似ていた。

登城する前の広場でも、あの模様を地面に描いた少年を見た。聞き覚えのある曲を大声で歌いながら。あれは何の歌だったろう、どんなタイトルだったろう。ヨザックは知らないと言っていたが、おれとコンラッドは覚えていた。

「なあ、コンラッド、あの歌……」

「棺桶は二つで俺達は三人、誰《だれ》かが窮屈な思いをするしかなかったんです。ご不快でしょうが、俺とヨザックの組み合わせでは、サイズの問題が生じまして。いま何か言いましたか？」

「いや別に」

「更《さら》に陛下とヨザックでも、奴《やつ》の上腕《じょうわん》二頭筋が災《わざわ》いして蓋《ふた》がしっかり閉まりませんでした。ヨザックは反対しましたが、結果としてこんなことに」

隣の棺桶からごく小さなノック音がする。指先で内側を叩《たた》いているのだ。おれも右側の壁を叩いてやった。安心しろ、無事だ。

「……陛下？」

ウェラー卿は怪訝《けげん》そうな声になった。真っ暗で顔が見えないので、口調や体温で察するしかない。

「何か言いたいことがおありでしたら」

「あんたがおれを殺すんじゃないかと思ってるんだよ」

一瞬《いっしゅん》、相手の呼吸が止まる。

「おれもヨザックも」

肘に当たっていた鼓動《こどう》が速まった。

「海であんなことがあっただろ、だから」

「今は大丈夫です」

息とも言葉ともつかない返事が続く。

「出口もないのに、突《つ》き飛ばしたりしません」

「出口？」

「いいえ、いいんです。とにかく今は仲間割れをしている場合ではない。それくらい俺にも判っています」

「仲間割れね」

割れる以前に仲間と呼んでいいのかどうか。おれたちは眞魔国の代表で、ウェラー卿は大シマロンの使者だ。しかもつい先日までは、信頼《しんらい》できる部下達と離《はな》れたサラレギーの、心強い警護役だったはずだ。

小シマロン王サラレギーと、その弟である聖砂国皇帝《こうてい》イェルシーに追われる身となったおれたちとは、国も立場も異なる。

「仲間とは呼べないかもしれませんね」

コンラッドの呟《つぶや》きを聞いて、ああやっぱりと思った。差し出した手を握《にぎ》り返してもらえなかったときから、何となく覚悟《かくご》はしていたのだ。彼はもう二度と還《かえ》ってこないのではないかと。

だからおれにとって彼の話の続きは、予想外の展開だった。

「サラレギーはあなたを手元に置いておきたいような口振《くちぶ》りでした。いくら知恵《ちえ》が回るとはいっても、まだ十七の若者です。同年代で同じ地位に就《つ》くあなたとの旅が、満更《まんざら》でもなかったのでしょう。気に入られたんですよ」

「気に……殺されかけたのに⁉」

友人獲得《かくとく》行動だとしたら、随分《ずいぶん》と乱暴な愛情表現だ。

「彼は待っていたんですよ。あなたが自分の足元に跪《ひざまず》いて命乞《いのちご》いするのを」

「おれはそんな子に育てたつもりはありません」

笑いで喉《のど》を鳴らしたが、彼はすぐに真剣《しんけん》な口調に戻《もど》った。

「約束してください」

「約束？　内容によりけりだ。理不尽《りふじん》なものだったら約束なんてしない」

コンラッドが頭を振《ふ》ると、前髪《まえがみ》が頰《ほお》を繰《く》り返し掠《かす》めた。

「命に関《かか》わる大切な話です。もしあの兄弟に追い詰《つ》められたら」

間を置くように言葉を切る。心臓の鼓動で四拍《ぱく》分だ。

「俺とグリエのことは考えずに行動してください。あいつはあなたを殺しません、絶対に。他《ほか》の者のことなど虫けらとも思っていないでしょうが、あなただけは違《ちが》う。サラレギーはあなたを傷つけはしても、命までは奪《うば》わない」

「根拠《こんきょ》は、気に入られてる説か？　馬鹿《ばか》らしい！」

おれは痛みの軽くなった目を閉じて、瞬《まばた》きを無駄《むだ》に繰《く》り返した。徐々《じょじょ》に涙《なみだ》が満ちてくる。

「おれが気に入られてるなら、あんただってそうだろう。ほんの数日前までお世話係で、寝室《しんしつ》で人間ハンガーまでやらせてたんだぜ？　ウェラー卿を嫌《きら》いなわけがない」

「けど俺は、知りすぎました」

何を知ってしまったのかは、尋《たず》ねるまでもなかった。

小シマロン王サラレギーは、聖砂国と眞魔国との三者間で、自国優位な条約を締結《ていけつ》し、その膨大《ぼうだい》な戦力を利用して、世界の覇権《はけん》を我がものにせんとしている。彼の構想の中に大シマロンは入っていない。逆にベラール家率いる大シマロンは、制圧すべき敵として数えられている。

大シマロンにとっては獅子《しし》身中の虫ともなる非常事態だ。

「そうか、結果としてサラレギーは大シマロンをも裏切ろうとしているんだ。ちょっと待てよ、それを知っちゃったあんたは」

「当然、生きては帰すまいと思っているでしょうね。サラレギーは」

「生きて、って、あイテ」

またしても舌を嚙《か》みそうに大きく揺《ゆ》れてから、車は柔《やわ》らかい土の上で止まった。葬儀屋らしき男が棺《ひつぎ》の蓋を開ける。眩《まぶ》しさに備えて両目を眇《すが》めたのだが、光は差し込んでこなかった。夜だったのだ。

「あんたるー、ぼちぼちでんなー」

「ああ成程《なるほど》、ここは墓地ですな」

「るるぶベネラるるぶ」

ベネラは観光情報誌か⁉　聖砂国語は難しかった。

葬儀屋は一刻も早く馬車を引き上げたそうだった。正直、これ以上深入りしたくない様子だ。無理もない、おれたちは今や皇帝陛下とその兄君に追われる身だ。ここまで乗せてくれただけでも御《おん》の字だ。

「坊《ぼっ》ちゃん、無事でよかったわ！　まったくもう、子供の時から無鉄砲《むてっぽう》なんだから」

先に降りたヨザックに抱《だ》き締《し》められ、ハンマー投げ状態で回されながらも、おれはコンラッドが、柔らかく湿《しめ》った土に踵《かかと》を下ろしながら言うのを聞いていた。

「この墓場に埋《う》められずに済むように、どうにか逃げ延《に》《の》びるさ」

彼は靴先《くつ》《みつ》を見詰め、それから顔を上げて立ち並ぶ墓標に眼をやった。墓場を流れる湿った風は、おれたちの髪《かみ》や頬を遠慮《えんりょ》なく撫《な》でてゆく。

おれはふと頭に浮かんだ形容詞を、誰に当てはまるのかろくに確かめもせずに口にした。

「そうか、淋《さび》しいんだなウェラー卿《きょう》」

「はあ？」

ヨザックが間の抜《ぬ》けた声をあげた。

「だってそうだろう？　ついこの間まで、あんなに懐《なつ》いてたんだぞ？　お風呂《ふろ》も一緒《いっしょ》、寝《ね》るのも一緒だったじゃないか……見てないけど、多分。しかもあんなに綺麗《きれい》で可愛《かわい》かった子がだよ、今日になっていきなりあの変貌《へんぼう》だ。……判《わか》るよ、ショックだよな。あんなに一八〇度変わられちゃなあ。おれだって……何だよ二人とも、その顔は」

ヨザックもコンラッドも、棒の先で珍《めずら》しい物体でも突《つっ》くような眼でおれを見ていた。グリ江なんか口まで半開きだ。

ひとが気を遣《つか》っているのに、失礼な。

「でもまあ、今はおれしか王様がいないんだから」

おれは柔らかい土を爪先《つまさき》で蹴飛《けと》ばした。

「たまには陛下って呼んでもいいぞ？」

……なんか骨が出た。

ウェラー卿はまだ戻らないだろう。元どおりのシンプルで心地いい関係に戻るのは、もう二度と無理かもしれない。だが少なくとも今だけは、聖砂国にいる間だけは、おれたちは三人とも同胞《どうほう》だ。

腹を探《さぐ》ったり疑ったり、互《たが》いに傷つけ合わなくてもいいのだ。

何よりも驚かされたのは、そういう理由ができた途端に、予想以上にホッとしている自分にだった。

突然《とつぜん》、遠くで犬が吠《ほ》えた。付近には松明《たいまつ》もちらついている。おれたちを尾《つ》けてきた追っ手か、それとも異変に気付いた見回りか、いずれにせよここにもそう長くは居られない。どこか抜け道を探して、潜伏《せんぷく》できる場所まで逃げなくては。

「明かりを……」

「そんなものつけたら勘《かん》付かれますよ」

「陛下陛下、ほら」

ヨザックが空を指差した。

「お月様がいるじゃない」

反応に困ったおれの視界を、宵闇《よいやみ》よりも更《さら》に濃《こ》い影《かげ》が過《よ》ぎった。この静まり返った墓地に、おれたち以外にも誰《だれ》かいる。

「こっちだよ！」

その影が短く鋭《するど》い声で呼んだ。当然犬の耳にも届いたらしく、いっそう激しく吠え立てる。

「早く！」

影は右手を上げておれたちを招きながら、反対方向に生臭《なまぐさ》い塊《かたまり》を投げた。動物の気を引く作戦だろう。疑う余裕《よゆう》もなくついて行く。誘導者《ゆうどうしゃ》は頭からすっぽりマントを被《かぶ》っていたが、前をゆく小柄《こがら》な姿を見ているうちに、女性なのではないかという気がしてきた。

だとしたら、こんな暗い墓地で、救いの女神《めがみ》に出会えたわけだ。

壁《かべ》を昇《のぼ》り、溝《みぞ》を跳《と》び越《こ》えて、走れるだけ走ってもう息が切れた頃《ころ》に、ようやく女神は足を止めた。そこは沼地《ぬまち》らしき場所で臭《にお》いも酷《ひど》く、二、三軒《げん》の掘《ほ》っ建て小屋があるとはいえ、どう見ても人の住める土地ではなかった。

しかし、小屋には明かりがあった。

煌々《こうこう》と燃える炎《ほのお》に照らされて、恩人の顔がようやく判る。フードの下に隠《かく》されていたのは、夕刻、宮殿《きゅうでん》の前で見た老婆《ろうば》だった。

「あんたたち、ベネラを捜《さが》しているんだってね」

彼女はおれの片袖《かたそで》を捲《まく》り上げて、貨物船上で少女につけられた六角形のマークを見た。満足そうに鼻を鳴らす。

「誰に貰《もら》ったのかは知らないけれど、これはあたしたち反抗者《はんこうしゃ》のマークだ。そしてあたしがそのベネラだよ」

ベネラだって⁉

ジェイソンとフレディの手紙で解読できた固有名詞。そして貨物船上で少女がおれに伝えた名前。地名か人名かも判らなかった単語の主と、こんなに偶然巡《ぐうぜんめぐ》り会えるなんて。おれたちは運がいい。つい数十分前に死にかけたのも忘れて、おれは諸手《もろて》を挙げて大喜びしたくなった。相手が初対面の女性でなければ、飛びついて抱き締めているところだ。

しかしフードの下からのぞく顔と汚《よご》れた白髪頭《しらがあたま》は、確かにあの時の肥車《こえぐるま》をひっくり返した老婆だった。このお年寄りが何らかの理由で危機的状況《じょうきょう》に陥《おちい》っていて、ジェイソンとフレディはそれをおれに訴《うった》えたかったのだろうか。

ベネラ、希望。ベネラは希望、そう書かれていた。

「……お婆《ばあ》さ……失礼、奥さんが？」

おれの訂正《ていせい》を聞くと、彼女はあまり女性らしくなく豪快《ごうかい》に笑った。

「いいんだよ、坊や。婆さんで結構。どう見たってあたしは純粋無垢《じゅんすいむく》な乙女《おとめ》じゃない。ただの小汚い年寄りさ。それよりあんたたち、仲間の子供を助けようとしてくれたろう。ありがとう、感謝している。親切な人だ」

さっきからヨザックは妙《みょう》な顔で頭を掻《か》くばかりで、会話に参加してこない。何故《なぜ》だろう、彼のセクシー対抗《たいこう》意識を刺激《しげき》するポイントでもあったのだろうか。

「見たところ異国の人間なのに、よくここまで辿《たど》り着いたね。出島から奥に入るには、相当の身分か賄賂《わいろ》がないと不可能だ。ということはもしかして」

マントを脱《ぬ》ぎ捨てると、老婆は腰《こし》に手を当て勢いをつけて伸《の》びをした。関節の鳴る音があまりに凄《すご》いので、おれたち三人とも呆気《あっけ》にとられてしまった。小柄な身体《からだ》が真っ直《す》ぐになる。本当は腰など曲がっていないのに、肉体が衰《おとろ》えたふりをしていたのだ。だからといって彼女が若いかというと、そうではない。

彼女の顔や首、手の甲《こう》にまで、彫《ほ》ったような皺《しわ》が残っていた。顔だけ見れば七十は余裕で越えているが、足取りやきびきびした話し方は、どう見ても老人とは呼べそうになかった。それにあの走る速さだ。高い壁を軽々と乗り越える七十代の老婆なんてどこにいるだろう。

「あんたたちが噂《うわさ》の魔王様御《ご》一行かい？」

「どうしてそれを」

「どうしてって」

ベネラはおれとコンラッドに、悪戯《いたずら》っぽくウィンクしてみせた。

「ゴミ捨て場やトイレには、いつでも最新のゴシップが流れてくるものなんだよ。それに宮殿の下働きの中には知り合いがいる。皆《みな》、親が奴隷《どれい》だった者ばかりだけどね。そうそう」

関節の浮《う》いた指で腰の巾着袋《きんちゃくぶくろ》を探り、大切そうに何かを取り出す。影の大きさは五百円玉くらいだ。

「落とし物を渡《わた》しておかないと。このペンダントは魔石だ、あんたたちの持ち物だろう？」

皺の多い痩《や》せた指に紐《ひも》を引っ掛《か》け、青い魔石をぶら下げて見せる。ちょうどおれの目の高さで、空より強く濃《こ》いブルーが揺《ゆ》れていた。

「うわ！　見つかったんだ。よかった、もう絶対駄目《だめ》だと思った。まさか戻《もど》ってくるなんて」

「なぁに、大切な物というのは、本当の持ち主の元へと戻ってくるものだよ。あるべき物をあるべき場所へ、そして持つべき人の元へ。それがあたしの昔の仕事。今はしがない荷車引きの婆さんだけどね」

「持つべき人……」

数秒考えてから、魔石をウェラー卿に渡そうとした。けれど腕を動かすより先に、コンラッドの手がおれの掌《てのひら》に重なり、指をぎゅっと閉じさせてしまう。彼はゆっくりと首を振った。

「あー、ところで」

ヨザックが得意の咳払《せきばら》いと共に割り込んできた。だがベネラの方は向かない。おれにだけ話し掛けてくる。

「坊《ぼっ》ちゃんたち、またオレの知らない異国語で喋《しゃべ》ってらっしゃるんですけど。聖砂国語の次は何語？　古代ヌケロニア語？　よかったらグリ江にも判るように説明して。そしてこの背筋のシャンとした老婦人の話も、ちょびっとずつでいいから通訳してもらえないかしら」

「え、おれたち普通《ふつう》に喋ってるよなコンラッド」

黙《だま》り込んでいたウェラー卿が、ぽつりと短い言葉を漏《も》らした。

「ヘイゼル……」

また人名だ。傷のある眉《まゆ》が、深刻そうに顰《ひそ》められた。眉間《みけん》に彼の兄そっくりの皺が寄る。彼女の顔にも名前にも心当たりのないおれとヨザックは、成り行きを見守ることしかできない。

「ヘイゼル・グレイブス。あなたが何故《なぜ》、ここに」

ムラケンズ的失踪《しっそう》宣言

「おーれー、おーれー、ムラケンタンバー、おーれー、おーれー、オレオレ電話ー。ころんぶす、『失われたムラケンズを求めて』の失われてないほう、村田健です」

「コロンブスは挨拶《あいさつ》じゃねえだろう。それにムラケンタンバってのは何だ、ムラケンタンバってのは。どっちが苗字《みょうじ》でどっちが名前だ」

「これだから突貫《とっかん》工事ユニットは息が合わなくて辛《つら》いなあ。どうもこうもないですよ友達のお兄さん、ムラケンが名前で丹波《たんば》が地名」

「ああそうかい、弟の友達。そんなことはいいから早くうちの弟を捜《さが》しに行かせろよ」

「友達のお兄さんは短気ですね。こういうとこ、渋谷そっくりです。ところでエロメガネ、もうそろそろ年末なわけですが。きみの頭の中には第九が流れてるかい?」

「流れてねーよ。どうでもいいが、さりげなく失礼な呼び方すんな」

「だって変身したらエロメガネになるんじゃないですか、友達のお兄さんは。聞いてるよ、ゼミの忘年会《ぼうねんかい》で酔《よ》って、ミニスカサンタコスチュームのまま帰ってきたって有名なエピソード」

「あれは酔ってなかった」

「二倍悪いですよ、友達のお兄さん。こういう人は将来、メガネーズを卒業してグラッサンズの一員になっちゃうんだろうなー」

「いや俺は大門《だいもん》軍団じゃなくて都知事になる人だから。それより早くゆーちゃんを捜しに行かせろって言ってんだろ、むら他県《たけん》」

「そうそう、もう年末だって話だったねエロメガネ。そういえば今年の流行語大賞は何だと思う？　やっぱオリンピック絡《がら》みで『気合いだー！』かな」

「気合いで何もかも解決できたら原稿遅《げんこうおく》れる作家はいねーよ。オリンピック絡みといえばあれだろう、競泳の『ちょー気持ちイイー！』だろ。けどあれは、うちのゆーちゃんに言わせるとライオンズのGGって選手が初HR《ホームラン》のヒーローインタビューで……じゃないんだよ。ゆーちゃん捜しに行かせろって言ってるんだよ。弟が失踪中なんだぞ？」

「心配してるような顔して、でも実はなにげに彼女とか作ってるよね、エロガッパ」

「彼女？　まさか錦鯉《にしきごい》のことじゃなかろうな。あれは違《ちが》うだろう、ムラケンタンバ。俺は本来、身持ちイイー！男なんだからな。彼女ってのはそんなに急にできたり消えたりするもんじゃない。もっとこう、長い目で、ロングスパンで、長期的展望でずっとアタックし続けてだな」

「ああ、僕も小学生の頃《ころ》からずっと使い続けてる目覚まし時計とかあるなー」

「そりゃお前、物もちイイー！な」

「年が明ければお正月だよね、友達のお兄さん」

「それは、お餅《もち》イイー！……ていうかお前、俺を行かせまいとしてるだろう⁉」

あとがき

ゴキ……たか……で……。息も絶え絶えな様子を文字で表してみました。喬林知《たかばやしとも》です。

えー、時期的にはもうちょっと前のことなんですが、少しだけ。少しだけすみません。

西武ライオンズ、日本一おめでとうございます！

極寒《ごっかん》の西武ドームで満塁《まんるい》HRに一喜一憂《いちゆう》一喜。更《さら》に、名古屋ドームの三塁《さんるい》側でバンザイと叫《さけ》びましたよ！　もうどうしよう、日本一ですよ日本一！　日本一っていったら、日本の領土の真上にある宇宙で一番強いってことですよ⁉　凄《すご》いなあ、日本一。しかも現役捕手《げんえきほしゅ》↓新人監督《かんとく》でいきなり日本一ですよ⁉　凄いなあ、伊東《いとう》監督。正直、プレーオフから毎試合毎試合がハラハラドキドキの連続で、ファンにとっては心臓に良くない日々がずっと続いていたわけですが。そして日本シリーズ出場決定した時には、二年前の悪夢が頭をよぎって、涙《なみだ》ぐんだりもしたわけですが！　でも今となっては何もかもがいい思い出です。それにしてもプレーオフ第一ステージ、第二ステージ、日本シリーズと全試合戦ってしまうとは、野球好きばっかですね、ライオンズ戦士は。一年間本当にお疲《つか》れさまでした。そして感動をありがとう！

しかし歓喜《かんき》の瞬間《しゅんかん》の直後には、衝撃《しょうげき》の展開が待ち受けていたわけですがね……。

さて現在、というか自分のことに戻《もど》って参りますとですね……あ、ああ……ご、ごめんなさい……。私の「あとがき」は放《ほう》っておくとどんどん負け犬くさくて鬱陶《うっとう》しくなってしまうのですが、今回ばかりは泣き言しか出ませんよ……。勝手に名付けた聖砂国編が終わっていないのは、まだそう深刻ではないと思うんです。続きをコンスタントに書けさえすれば大丈夫《だいじょうぶ》、部屋の隅《すみ》っこにしゃがみ込んで、自生している謎《なぞ》のキノコをつつく必要もなかろうと。しかし、この治療法《ちりょうほう》がさっぱり判《わか》らない新しい問題は、どのように対処したらいいのでしょうか。どうやら私、冗長病《じょうちょうびょう》にかかってるらしいんですよ。症状《しょうじょう》は書く物がどんどん冗長になり、要《い》らない描写《びょうしゃ》を延々と繰《く》り返したり、大したことないシーンを略せずに書き続けたりしてしまい、肝心《かんじん》のストーリーがなかなか進まないというもの。まさに悪夢です。ついでにギャグ足りない症候群を併発《へいはつ》していたりしてもう、どうしよう平八郎。

とにかく、一体どこまで深い海溝《かいこう》にはまってしまったのか、足掻《あが》いても足掻いても抜《ぬ》け出せない状態が続いています。現在もご迷惑《めいわく》をお掛《か》けしている皆様《みなさま》、本当に本当に申し訳ありません。特に、松本《まつもと》テマリさん……いつもありえないくらい原稿遅《おそ》くてごめんなさい。ほんと、マジごめんなさい！　もう何か、蟹《かに》とか送るかな（テマリさん、蟹好き？）。今回の表紙も、クリスマスから新年にかけてのイメージぴったりで感動です。それからGEG、いつもありえないくらい原稿遅くて以下略（略かよ!?）。そんなこんなで歳末《さいまつ》一大ミラクルイリュージョンの結果、お届けできそうな新刊『やがて㋮のつくウハニホへ』嘘《うそ》、『やがて㋮のつく歌になる！』ですが、予《あらかじ》め申し上げておきますと、もしお手元に『お嬢様《じょうさま》とは刈《か》りポニ』もとい『お嬢様とは仮の姿！』をお持ちの方がいらっしゃいましたら、もう一度ざっとチェックしてから新刊を読んでくださると私としては二倍嬉《うれ》しいです。お持ちでない方と『お嬢様〜』が㋮の外伝であることをご存じなかった方が、「じゃあついでに買ってみよ」って気になってくださったら、三倍嬉しいです。どこがどうなってるのかは、書かない、いや書けないけど。

話は変わりますが、最近、キャラクターの誕生日をよく訊《き》かれます。でもよく考えたら主人公以外の誕生日や血液型ってさっぱり決めてなかったんですよ。血液型は主人公でさえ決めていない。じゃあこれを機に決めとくかと思ったわけです。そういえば私の友人知人は何故《なぜ》か、有名人と誕生日が同じ人が多くて、大学の友達だったNちゃんはショーン・ビーンと一緒《いっしょ》だし、朝香《あさか》さんこと朝香祥《しょう》先生（現在、ビーンズ文庫で「キターブ・アルサール」の新シリーズを展開中。最新刊『風の呼ぶ声』ももうすぐみたいです）はマット・デイモンと一緒です。うらまやしい、じゃなかった、羨《うらや》ましい！　私なんか「人権宣言」ですからね……人間じゃないですからね。では㋮のキャラクターも有名人と同じ誕生日にすればいいのではないかと考えたのですが……眞魔《しんま》国の有名人って誰《だれ》よ。竜《りゅう》殺しの○○（犯罪者）、骨飛族使いの○○とか？　結局、人物データ作りは頓挫《とんざ》したままです。もういいや、どのみち年齢《ねんれい》も不詳《ふしょう》だしね。

さて、誕生日は不明ですがメディアミックスの方面では色々とお知らせすることが盛りだくさんです。まず現在発売中（のはず）の「ざびよん」こと「The Beans《ザ・ビーンズ》 VOL.4」に、迷ってるのは誰だ!?　な短編を書きました。この「ざびよん」の全員サービスCD（ちょっとだけ有料）に、渋谷・次男・三男のミニドラマが収録されます。雑誌を購入《こうにゅう》された方は、ご応募《おうぼ》よろしくお願いします。さらにこちらもCDの話なのですが、新作ドラマCD発売が決定いたしました！　が。が、ですよ。タイトルが何故か「裏《うら》Ⓜ」……つまりそれぞれの刊の裏エピソードを豪華《ごうか》キャストでお送りするという大胆《だいたん》かつ斬新《ざんしん》（かつギャンブル）な企画《きかく》です。こちらは本編は同じでもトッピングの違う2パターンがあり、お好みの方を皆様に選んでいただくシステムです。おそらくこの文庫に入っているであろうチラシ（長っ）をお読みになった上で、お間違いのないようにお申し込みください。宜《よろ》しくお願いいたします。そうそう、「月刊Asuka《アスカ》」の出張版シンニチや特集記事も、是非《ぜひ》チェックしてみてくださいね。何かまた爆弾《ばくだん》発表があるかもしれません。えーとそれから、コンビニ端末《たんまつ》からプリントアウトするカレンダー企画にもチャレンジしています。詳《くわ》しい操作方法は雑誌等を参考にしていただきたいのですが、こちらにもシーズンに合わせたⓂの掌編《しょうへん》を書いています。その他、関連情報は文庫に入っている「BEANSステーション」と、公式サイト「眞魔国王立広報室」(http://www.maru-ma.com) に順次掲載《けいさい》される予定です。

さて、原作本編ではキャラクターも私もチーズを探すマウスみたいに迷走している状態ですが、Ⓜニメ（と呼ばずして何と呼ぶか！）こと「今日からⓂ王！」(NHK・BS2で毎週土曜朝九時から放送中）のほうは絶好調です。先程、三十九話のシナリオを読ませていただきました。三十九話といえば最終話ですよ。大団円ですよ。コンラッドは帰ってくるの？　魔笛《まてき》は何故、遠くまで聞こえるの（え?）、刈りポニは何故、私を待ってるの（ええ?）、教えてー、アニメのスタッフさーん。と、涙なくしては語れない台詞《せりふ》が続き、ついにクライマックス、ラストシーンに向けて最後のページをめくるとそこには………「つづく」………。

え?　えええ?　ええええええ!?　仰天《ぎょうてん》して問い合わせの電話をした私がいただいたお返事は「というわけで来シーズンも続投が決定しました」。ええー!?　そういうことは早く教えてくださいよ!?　ていうか原作が追い抜かれてますけれどもっ!?　てことはオリジナルストーリーも増えるし、あの短編やあの短編も㋮ニメ（流行語大賞ノミネート孤独《こどく》に希望）で視《み》られるんですか?　ということは来年もこの、よく風呂《ふろ》に入りよく着替《きが》える㋮ニメを、テレビで視られるんですね!?　ええ、視られるんです。というわけで、来シーズンも続投が決定した㋮ニメ（世界の中心で㋮ニメと以下略）「今日から㋮王!」を、皆様、是非宜しくお願いいたします。

ふう、来年来年言っていましたが、この本の発売って一月一日ではないですか。しかし書いているのは年末というわけで、これこそまさにリアル「ゆく㋮、くる㋮」。二〇〇五年が皆様にとって、素晴《すば》らしい一年になりますように。そして皆様を楽しませる小さな欠片《かけら》として、㋮をお側《そば》に置いてもらえたら嬉しいなと、除夜の鐘《かね》を聞きながら祈《いの》ります。

喬林　知

やがて㋮のつく歌《うた》になる！

喬林《たかばやし》　知《とも》

角川ビーンズ文庫　BB4-14　13630

平成17年1月1日　初版発行

発行者――井上伸一郎
発行所――株式会社角川書店
東京都千代田区富士見2-13-3
電話／編集（03）3238-8506
営業（03）3238-8521
〒102-8177　振替00130-9-195208
印刷所――暁印刷　製本所――コオトブックライン
装幀者――micro fish

ISBN4-04-445214-8 C0193　定価はカバーに明記してあります。

キターブ・アルサール
不機嫌なイマナ
いざ、「平原の書《キターブ・アルサール》」を求めて――!!
「キターブ・アルサール」
シリーズ好評既刊
1 赫《あか》い沙原
2 蒼い湖水《みず》
3 皓《しろ》い道途《みち》
イラスト／あづみ冬留
朝香 祥
イラスト／鈴木理華
不本意ながらも、一国の主を務める青年ティルフ。「この世界のあらゆることを自分の知識としたい」――そう望む彼は、いい歳をして家出を決行！
「平原の書」を求める冒険の結末は……!?

●角川ビーンズ文庫●